意林

18周年

纪念书A

《意林》编辑部　编

吉林摄影出版社
·长春·

图书在版编目（CIP）数据

意林18周年纪念书.A/《意林》编辑部编.--长春：吉林摄影出版社，2021.10.
ISBN 978-7-5498-5036-5

Ⅰ.①意… Ⅱ.①意… Ⅲ.①故事—作品集—世界—现代 Ⅳ.①I14

中国版本图书馆 CIP 数据核字 (2021) 第 194427 号

意林18周年纪念书A
YILIN 18 ZHOUNIAN JINIAN SHU A

出 版 人	车 强
主 编	顾 平 杜普洲
责任编辑	吴 晶
总 策 划	蔡 燕
统筹策划	康 宁
设计总监	资 源
执行编辑	康 宁
封面设计	金 宇
美术编辑	岳红波
发行总监	王俊杰
封面供图	锐景创意
开 本	700mm×1000mm 1/16
字 数	150千字
印 张	8
版 次	2021年10月第1版
印 次	2021年10月第1次印刷

出 版	吉林摄影出版社
发 行	吉林摄影出版社
地 址	长春市净月高新技术开发区福祉大路5788号
	邮 编：130118
电 话	总编办 0431-86012616
	发行科 0431-86012602
经 销	全国各地新华书店
印 刷	天津泰宇印务有限公司

书 号	ISBN 978-7-5498-5036-5	定 价：18.00 元

版权所有 翻印必究
（如发现印装质量问题，请与承印厂联系退换）

目录

好人生，属于好主人	王月冰	001
瞬息之美	七月半	002
春之祭冬	陈文茜	003
中国美色	苏超	004
何谓母亲	蔡维忠	005
好日子怎么过	池莉	006
仰面婆姨低头汉	冯仑	007
午夜来獾	张炜	008
饭局识人心	潘笑楠	009
德国的森林为何总相隔着草地	杨佩昌	010
给医生加个鸡腿	莲子医生	011
桃有羞色	寒石	012
间歇	莫小米	013
姑娘，生活中没那么多女士优先	花绚水静	014
他们的无力感	王思渔	015
这就是母亲	蒋勋	016
鲹鱼怎样吃到燕鸥	汪洋	017
如何较快地做出正确决定	Mr.6	018
恩怨都要讲分寸	大江东去	019
人生最重要的能力	肥肥猫	020
知足须忍痒	程学武	021
踮着脚尖得到的东西	琢磨先生	022
困境，最能看清一个人的品质	疯狂的桌子	023

1

目录

有句话不知当讲不当讲	罗　伟	024
杭州西湖告诉世人的"常理"	陆　地	025
我与数学	一人趟	026
回头路绝不好走	梁凤仪	027
母鸡	老　舍	028
使劲地爱	丁丁张	029
同病相怜不是爱	吴若权	030
啜菽饮水尽其欢	流　沙	031
到别处去	孙　欣	032
精华	尤　今	033
看电影，你会选座吗	杜　敏	034
人缘	林燕妮	035
俩瞌睡虫	陆布衣	036
不能久	周云龙	037
围棋五得	金　庸	038
《儒林外史》的"吃播"	蓬　山	039
馋妇看雪	安　宁	040
轮回	黄竞天	041
被拔高的羊	胡明宝	042
人生两道门	王留强	043
吃相	青　丝	044
要想当爷得先当孙子	冯　仑	045
不是不爱，只是不耐	吴淡如	046
敢与不敢	蒋骁飞	047
爱和野心从来碰不到一起　［印度］奥　修　译/谦达那		048
不是芝麻小事	林清玄	049

目 录

三生有幸	佚　名	050
不许鸟儿筑巢的屋顶	朱玺诺	051
写活你	尤　今	052
手表	余秋雨	053
眉间尺	李良旭	054
苦而不言，喜而不语	木　舟	055
忽冷忽热	苏　芩	056
先戴好自己的氧气罩，再为孩子戴好		
[美]吉姆·罗恩 译/陈荣生		057
体谅对方的小虚荣	痴情小木子	058
管理的最高境界	赵元波	059
叶子的温暖	赵盛基	060
救人的智慧	易中天	061
喂虎	尤　今	062
讨爱	吴淡如	063
小和尚的脚	李克红	064
森林烟蛙吃蛇	程　刚	065
风为叶，雨为花	谢光明	066
食物是有声音的	蔡要要	067
华服与首席	张志兴	068
奔跑的羚羊		
[英]摩顿·维克德伦 编译/李安章		069
"事后诸葛亮"背后的心理谬误逻辑		
[日]匠英一 译/郭　勇		070
荒年识人心	张　勇	071
若是不在意，便不会太失意	陈琅语	072
给对方施加压力 [日]内藤谊人 译/孙兴峰		073

3

目录

三层楼的故事	星云大师	074
粥品如人品	高中梅	075
想保暖住雪屋	杨　光	076
取舍的气度	于　丹	077
保富法	滕老总	078
王的福禄寿	邓高如	079
考拉从不死抱着一棵树	赵盛基	080
柔和的力量	星云大师	081
通灵麻雀	汪曾祺	082
沉没成本不是成本	薛兆丰	083
休息也要有尊严	方湘玲	084
一个人是否成熟看他被欺负时的样子	剑圣喵大师	085
先讲背景	刘显才　陈凯锋	086
我不允许你快乐　[日]渡边和子 译/韩　慧　袁广伟		087
开车的境界	汪　政	088
快活三里	汪曾祺	088
还米去时一尖碗	郝金红	089
"巨人桉"为何成废柴	黄小平	089
玫瑰花还是骆驼刺	西　梅	090
防偷吃的毒招	徐文兵	090
球	尤　今	091
欢喜	一行禅师	091
花香即语	程　刚	092
无论好坏，善待便是	余秀华	092
最好的管理	赵元波	093
最后的抚摸	不良生	093

目录

医生的哲学	寇士奇	094
习惯的养成	冯　唐	094
"知"与"不知"	刘　凌	095
怎么做一次自我介绍	罗振宇	095
西字脸与狮子皮	袁　政	096
今天注册，后天想成首富	吴晓波	096
比喻　　　［法］福楼拜 译/	李健吾	097
喂狗的启示	赵倡文	097
爱鸟的人	沈岳明	098
谈情说爱	王彦明	098
先知足而后感恩	张君燕	099
如何成器	江北汉	099
你想象不到语言有多么简陋	寇士奇	100
吐丝的蜘蛛与吐丝的蚕	黄小平	100
订书针暴露了特工	李志辉	101
贼马	陆春祥	101
你和世界不一样	韩鹏大魔王	102
什么是爱情	梁凤仪	102
生活时刻	一行禅师	103
戒欺	吴翼民	103
温暖的手	李安章	104
潇洒才年轻	张　剑	104
农民和大学生	老　罗	105
苦不传人	祁文斌	105
在另一端放点儿相反的东西	寇士奇	106
搬凳，脱鞋	丰子恺	106
两小时能做什么	燕子坞主人	107

目录

寻常美	亦 舒	107
下雨天	汪曾祺	108
旅人过河	赵 文	108
羞耻心来自他人	冬 子	109
"哪里都没有"还是"就在此处"	陈荣生	109
理想与现实	刘 墉	110
链子	李良旭	110
人生三悔	小 燕	111
心浅,才有快乐	黄小平	111
幽默的力量	刘 墉	112
谈判创造价值	王文言	112
肩膀与脑袋	房西苑	113
经霜	马 浩	113
笑容易,哭却很难	倪 匡	114
带着小伤活下去 [巴西]保罗·科埃略 译/夏殷棕		114
箱鲀之死	江东旭	115
树荫经济学	史杰鹏	115
贪吃的海豚	衡玉坤	116
柔软	张建云	116
从宽处理	亦 舒	117
领航员	至 善	117
爱的真相	苏 苓	118
别人对你态度好,不是因为怕你	刘鲁方	118
感情的信用额度	陈 彤	119
冷热	玖 玖	119

好人生，属于好主人

□王月冰

多年前，在老师家中，我见到一个很有意思的人。

他也是老师的学生，和我们一样去看望老师。可是，在老师家，他就像主人一样，给我们泡茶、张罗饭菜，甚至吃完饭后，他还给年长者准备洗脸水。我们以为他和老师有特殊的亲密关系，老师却说，这是他第一次来这里，"这孩子到哪儿都像个主人，好像天生有种责任感"。老师告诉我们，这位学长家中条件并不好，学历也不算拔尖，却成功竞聘进了北京的一家知名公司。"应该是他这种'主人翁精神'帮了他。"

我后来去北京，拜访了这位学长。那时，他还租住在一间破旧的房子里，忙着装修，从二手市场淘了些旧家具改装，买来油漆自己刷墙。我说："租的房子你还这么认真呀？"他说："我住在这儿，那我至少现在是房子的主人，当然要把它打扮得漂亮些。"

经过一段时间的交往，我渐渐发现，学长不只是出租屋的"主人"，他也是很多地方的"主人"——坐公交车他会捡起别人丢在地上的纸屑；走在路上看到塞车，他会跑过去指挥车辆维持秩序；办公楼的电梯出了故障，他去报修……

对于他打工的那家公司，他更是"主人"。公司的一切事情，似乎都与他有关。在外面看到凡是能与他公司扯上点儿关系的信息，他都详细记下来。有一次下大雨，我和他在外面吃饭，他居然急忙丢下饭碗跑去公司楼下，只为看一下公司的窗户是否关好了。我说："你又不是公司的老板，何必这么上心？"他说："我在这儿工作，就是这儿的主人呀！"

上个星期我去老师那儿，老师告诉我，"主人翁学长"现在已是那家公司的副总了，还拥有了不少的股份。我点头，心想，他现在是公司名副其实的主人了。

面对同一件事，被动还是主动，做客人还是做主人，均在一念之间。可观念不同，做事的心情与效率，也大相径庭。如果面对一切都把自己当成路人，便只能永远烦躁地奔波在路上了。

好人生，属于好主人。

（图/木木）

瞬息之美

□七月半

苏轼曾在《赤壁赋》中写道："盖将自其变者而观之，则天地曾不能以一瞬；自其不变者而观之，则物与我皆无尽也。"这话说得很有意思，世间万物时时刻刻都在变化，似乎没什么是永恒的，而相对自然的变化，人的变化又显得格外快。当搜索你的回忆，走马灯般流转的人和事，无数"不知人面何处去，桃花依旧笑春风"的无奈中却仍有一些片段能够博得你会心一笑，我喜欢称之为"瞬息之美"。

不知有多少人曾看过《入殓师》这部日本电影，它拍摄了安静的乡村，寥廓天空的青灰色和室内灯光的暖黄色是其主要色调。在电影中，主人公不断为一个个或年轻或苍老，或幸福或悲凉，或充实或荒诞的生命入殓，目送他们进入往生的旅途。而给我印象最深的镜头却是中间数次穿插的一帧帧白色水鸟扇动翅膀起飞的画面。短暂的场景充斥着生命自在的喧嚣，一大群水鸟聒噪的叫声，"啪嗒啪嗒"拍动翅膀的声音，"哗啦哗啦"掀起水花的声音，在安静的旷野中是那么清越悠长，而这一大群白色在青灰色天空的背景下又是那么耀眼刺目，我不由得会心一笑，生命的美好尽在于此，人间百态，酸甜苦辣，收敛其中。

前一阵子我经历了一段非常难过的日子，独自在外留学，身边的人都是陌生的，同来的一些朋友也因各自事务繁忙无法经常会面，所以平日独来独往，形单影只。一日不幸因吃不洁食物患上急性肠胃炎，高烧39度，在寝室床上翻来覆去，无论如何也睡不着，我一遍遍看表，凌晨一点，凌晨两点，凌晨两点半，凌晨三点……透过阳台看天空是黑沉沉的，我不禁怀疑那是不是真正的天空，外面的高楼上也没有一点儿星星点点的灯光，我所在的楼层太高，所以连路灯的光也看不见。周围是那么寂寞，发烧的我似乎是周围唯一的热源。我从未如此盼望天亮。于是我干脆搬了个凳子，裹着厚厚的衣服坐在阳台上，又看了一眼手机，是凌晨4：40，冬天天亮得晚，现在外面只是淡淡的青黑色，不知还要持续多久的令人厌倦的青黑色。

不知发呆了多久，我忽然发现，高耸的大楼旁边，是鱼肚白的天空，青黑色渐渐褪去，像黑色墨水缓缓溶化在清水里。一只白鸟扇着翅膀飞上了天空，啊，那一瞬间，掠过我视线的那抹白色，是一大片耀眼刺目的白，我听见"啪嗒啪嗒"拍动翅膀的声音，"哗啦哗啦"掀起水花的声音，我的心情随之扬了起来，感觉再吃个愉快的早饭就能够安心睡着了。

（图/蝈果猫）

春之祭冬

□陈文茜

冬天是伟大的失败者。春天是占尽便宜的胜利者。

如果没有冬季的雪、雨保护，大地上的许多植物到了春天，将完全枯萎。

冬季，以全然的冰冷、白色死寂的画面，成全了我们的可居之地，使人类、植物、动物，得以延续。

然而当春天登场时，人们瞬间遗忘了冬季。

因为春天就是个美人儿，先是微微的细嫩柳叶，清秀翠绿垂坠，惹人怜爱。接着樱花、桃花、水仙一一盛开。

春天成为美丽的新世界，她以冬季的死寂为背景舞台，强烈的对比，立即呐喊出人对生命的渴望。

从某个角度看，春，占尽便宜；从某个角度想，春，像大地特殊的礼物。透过季节的交替，教我们体悟什么叫"枯竭"，什么叫"重生"。

年年如此，明白的人从中学会：这不只是大自然的季节现象，也预示我们生命中必然的起伏。

春天的脚步近了，多么有名的句子！

但很少人同时感念无名而伟大的冬季结束了。冬，远了！而它的逝去，即将成全一场百花盛开的春季。

人性毕竟是现实的，只知道那些冷、冻、枯、藏……一一消失了。只急着赶走讨人厌的冰风。

冬季里懂得珍惜这个节气的人，会为自己在寒露中，生一把火，有家人朋友陪伴，就围炉；一个人，就泡壶茶，呼呼的水汽声，双手隔着炭火取一点儿暖意，享受冷风飕飕中，难得的温情。

在春季降临时，这样的人会更感念地穿梭于柳树、紫藤、月见、樱花之中。

在花丛飨宴下，举杯告别过往，醉卧花丛下，诗酒趁年华。

冬季渐远，春天敞开大门，许多生命开始相望或是相撞，许多故事开始登场。野外的动物苏醒嚎叫，声响遍原野。大地如昔，没有丝毫怨悔。白昼渐长，色彩缤纷，诗人画家来不及填上墨黑的涂鸦，春天已将这些为赋新词强说愁的家伙，赶得远远的。

等下一个冬季，再来扰人吧。

生活本来不容易，何必还在春天徒生感叹！天鹅、候鸟已开始远行。至少，让我们的灵魂在难得的春季，也飞一飞，飞到我们精神上的渴望之地。

明白春天不易，每年的冬季，我都会等：因为最好的东西，总是压轴出场。

（图／小粒团）

中国美色

□苏 超

《中国国家地理》杂志社在去年做了一个叫《中国美色》的明信片。在里面加了一个色卡，罗列了98种中国传统颜色，当然这不是所有的。

在这里面有很多有意思的颜色，比如"百草霜"，想象中它应该是种白色，结果却是一种深灰色。原来，它是锅底灰的颜色。据《本草纲目》载，它是刮下来熬药喝的。锅底的那个灰，是上百种草烧完之后形成的一层跟霜一样轻柔的东西，于是就叫百草霜。

还有一个颜色叫作"竹月"。这个颜色描述的是一种竹林当中月色清冷的感觉。这很难拿语言描述，所以要用一个工业的标准化的东西去实现它。

中国人经常用青色，但是青色到底是什么颜色呢？"青"字在金文里面最早出现的时候，下边是一个"井"，上边是一个生长的"生"。它应该是潮湿的地方生长出来的东西的颜色，应该是绿色。咱们都有这么一个体验，你去看山的时候，如果这个山上都是植被的话，近处的山是绿色的，再远一点儿就开始泛蓝了。如果阴天，你看远处的山就是一个深青色的、青黑色的剪影，成语上的描述叫"远山如黛"。

《韩非子》里面有一个齐桓公的故事是关于紫色的。说齐桓公非常喜欢穿紫色衣服，但是紫色是当时非常贵的一个颜色，很难染。当时全国都在学国君穿紫色，齐桓公就有点儿担心了，要是把齐国穿穷了怎么办呀？管仲就给他出了个主意。齐桓公第二天上朝，有人见他的时候穿紫色的衣服。因为当时紫色的衣服是用紫草的根染成的，而紫草是有味道的，齐桓公就说："离我远点儿！我讨厌紫色染料的臭气。"传说从这之后，齐国就再没有人穿紫色衣服了。

在唐宋时期绿色盛行起来，有一种叫天水碧的颜色，就是五代十国南唐后主李煜起的名字。南唐时期碧绿色非常流行，因为李煜喜欢这个颜色。他有一个宠爱的妃子整天穿这个颜色，穿起来特别有仙气。其他的妃子也想穿，又觉得外面市面上的不太好，就自己染。有一个嫔妃染的丝帛，没染完就放外边过夜了，被露水打湿了。第二天发现是那种非常好看的碧绿色，李煜一看，觉得这个好看啊，不能起个一般名儿，天上的水染的，就叫天水碧。

颜色是一种语言，它是有自己的表达方式的。我们中国的传统颜色，是几千年来积累下来的中国人看待世界的一个语言表达方式，它不以逻辑为基础，而是直接给到你心里的，让你看得见的。

（图/罗再武）

何谓母亲

□蔡维忠

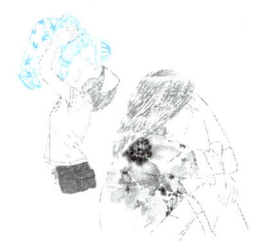

格洛里娅从佛罗里达州的一家医院里把别人的新生女婴抱走，取名为"阿莉西丝"，把她当成自己的女儿抚养到18岁，而她为此被判刑18年。主审法官在判决前感慨地说："此案无关输赢，只有悲哀，许多人为此遭受痛苦。"法官可能是指已发生的事，没预料到也指正发生和将发生的事。在法庭外，还未缝合的创伤正在被撕裂开来——

如果抛开冒充母亲一事，格洛里娅在邻居和朋友的眼里是个好母亲；阿莉西丝也坚信格洛里娅是个好母亲。格洛里娅没有因为阿莉西丝不是亲生的就疏忽或者虐待她，而是尽心尽力抚养她，这似乎是坏事中的好事。然而，这也为日后结上了难解的死结。

阿莉西丝认了生母沙娜拉。在沙娜拉眼里，格洛里娅给她造成了太大的伤害。她想起女儿被偷走时，是她亲手交给格洛里娅的，她认为格洛里娅是护士，她们还曾友好地交谈过，为此，警察甚至怀疑是沙娜拉把女儿卖掉了，拍着产房的病床责问："你把婴儿弄到哪里去了？"她在悲伤的同时还要蒙受羞耻。她回想起从那以后的几个月，自己陷入抑郁，想要自杀；她每年都会给女儿过生日，切下一块蛋糕放在冰箱里，等女儿归来……

如今女儿出现了，只是女儿心中有个母亲，就是那个偷了她的女人。女儿老跟格洛里娅通话，可是沙娜拉不能忍受那个女人在女儿心中占据母亲应有的位置。在沙娜拉看来，政府应该禁止格洛里娅和女儿谈话，她认为格洛里娅是绑匪，女儿是受害人，应该禁止绑匪与受害人接触。而检察官只管把罪犯送进监牢，其他的，爱莫能助。

"我不应当和一个绑匪竞争，她（女儿）得做出选择！"沙娜拉忍无可忍。她和女儿之间发生过不少争执，她甚至把女儿的电话号码拉黑了。女儿越爱格洛里娅，沙娜拉的恨就越深；沙娜拉恨得越深，和女儿之间的距离就越大。事情闹到这个地步，起因还在格洛里娅犯的罪。可是格洛里娅已经在为犯罪坐牢了，沙娜拉怎样才能赢回女儿的心？只有靠她自己了。

何谓母亲？如果说母亲是无条件爱子女的人，大家都同意。何谓"无条件"？如果说不管生活条件多么艰辛，不管子女容貌美丑、智力高下、健康与否，大家都同意；可是，无条件中是否包括允许女儿爱仇人？别人没碰上这个难题，沙娜拉碰上了。她恨格洛里娅恨到极点，用她自己的话说，那种恨"非常，非常，非常强烈"。陷于恨之中的沙娜拉现在没办法无条件接受女儿爱仇人，她还无法做真正的母亲。

也许只有时间会帮她用爱战胜恨。到那时，女儿才真正属于她。

（图/木木）

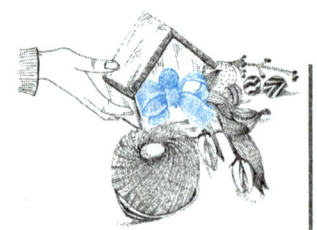

好日子怎么过

□池 莉

都说穷日子难过，我深有体会。我做知青时，常用盐水拌饭吃。那样的夜非常难熬，饥饿噬咬着年轻的胃，狼一般凶狠。

知青中的坏孩子说："谁和我去偷老乡的鸡？"好孩子们不由自主，纷纷起立。最好的模范知青不起立，小声说："我不去……我在家里烧开水吧。"

坏孩子是真小人，好孩子是伪君子。很惭愧，我是留在家里烧开水的。不过不是我要求烧开水，是大家认为我偷鸡的技术不够好。

然而，我还是惭愧，毕竟我还是吃了鸡的，可见我也比较虚伪。没过过穷日子的人真是不知道，穷而守志，实在太难了。肚子饿，人就不是人，是动物了。除了想吃，几乎不想别的。

好日子不好过，这是我从前没有想到的。因为什么叫作"好日子"，很难界定。温饱不愁了，还有山珍海味，别人能够吃到，我不能够吃到，就不觉得自己的日子好。

你有住房了，那边却盖起了别墅；公共汽车不拥挤了，大路上却跑一辆辆私人豪华轿车；你开始吃肉了，时尚标榜的却是吃野菜；你穿得整齐了，流行的却是不修边幅；你的工资提高了，有人赚钱却是成百上千万。

因此，我们的耳朵里听到的一片声音，都是说："现在日子真是难过！"

好日子时，难过得多。好日子弹性太大，物质太多，信息太多，诱惑太多，个人的选择却比穷日子还要少，不是你想要什么就有什么的。

而在穷日子时，发自内心的要求就是吃饱肚子。在贵州的偏远山区，在小凉山的深处，到处可以看到，大人和小孩子只要吃饱了，就会很安详地坐着晒太阳，甜蜜地打盹儿，万事不挂心，目光温和得如新生羊羔。穷日子固然难过，但容易满足。穷日子难过的是肚子，好日子难过的是心情。心情好不起来，吃了什么都白吃。

原来，好日子不仅仅是物质的，更是精神的。好日子是皮囊，须得人为填充灵魂。这灵魂哪里来？读书得来，修养得来，智慧得来；安静中得来，不虚荣时得来，不贪婪时得来。

好日子就在自己手中，像泥鳅，要有把握的技巧。偏偏就是这个技巧，不容易掌握。

（图／木木）

仰面婆姨低头汉

□冯 仑

R君是一个艺术家。我每次到他那个公园里的别墅的时候,会看到他很大的工作室里到处都是他种的树和他自己设计的家具,以及在那张独特的餐桌后面的他的画。在这种特别的氛围里,我每次都能感觉到他内心洋溢着的快乐。

我说:"你最近又在忙什么事儿呢?"

R君说:"我一直琢磨在大地上做一个秦始皇的雕塑。"

我说:"电影里有很多秦始皇的形象,你怎么能把这个雕塑做得与众不同呢?"

他突然站起来,神情严肃,做了一个撩开大衣的动作,然后低着头说:"这就是我要塑造的形象。"

我说:"我们过去看到的秦始皇都是昂首挺胸、阔步向前,难道秦始皇就是你这样?这是啥样啊?"

R君说:"你不知道,西北人,最讲究的是内在的力量,就是收敛、含蓄、敦实、向下。"

我说:"这概念说得是不错,可是你这样低着头是深思吗?"

R君说:"不对,陕西有一句老话叫'仰面的婆姨,低头的汉'。在村里走路的时候,抬着头叉着腰的这种婆娘千万不要惹,她们动不动就会骂街、收拾你,但是更让人害怕的是那些有点儿罗圈腿儿和小驼背、低头在村里走来走去的老人家,全村人的故事、命运、走向,每个家族里的事儿,其实他们都能操控,这就是'低头的汉'。我现在要塑造的秦始皇就是这样的形象。我认为中国人应该是内在非常有力量,而外在又给人一种不争、谦和、收敛的形象。"

我说:"这样的秦始皇,大概没有多少人去看,或者大家看了也不知道这雕塑是谁。"

R君说:"我要的就是这种效果。实际上秦始皇个子不到一米七,是那种虚假的、高大挺拔的历史姿态给人们造成了误解,似乎英雄都必须是那样,事实上英雄就跟你我他,跟我们看到的推门出去和街上走的那些低头的汉子一模一样,这些人实际上才是最有力量的。"

R君的解释让我感到很震撼,也让我理解了真正中国人的内在和外在的表现方式,大概就是这样一个"低头的汉"。

(图/小栗子)

午夜来獾

□张　炜

这里说一只獾的故事，用以诠释和感悟不同的生命与自然的关系，揣测其中的一些奥秘。

在山东半岛东部海角的林子里，有几条通向海洋的干涸的古河道、一些无水的河汊。这种地理环境有利于一种叫作獾的动物的栖息。

有一年当地要建立一处文化设施，就在林子的一角围起了一片荒地，面积有一百余亩。从几万亩的林区来看，这一百多亩太微不足道了，而且是树木相对稀疏的地方。它由一道加了栅栏的矮墙为界，算是与茫茫林野隔开了。几幢不大的房子在栅栏墙内建起来，并养了一条叫"老黑"的大狗，它与看门人老陈形影不离。

由于这个围起的场地儿远离闹市，所以入夜后非常安静，除了倾听若有若无的海浪，再就是林中传来的几声孤独的鸟鸣。

可是不知从哪一天开始，老陈发现每到半夜大狗老黑就紧张不安起来，最后总要贴紧老陈的腿肘向一个方向，脊毛竖起一阵猛吠。这样的情形几乎每夜都要重复，时间总是午夜。有人就问老陈那是怎么回事，老陈肯定地回答："那是一只獾，它一到半夜就要翻墙进来。"

"为什么？"

"我也不知道。"

日后有人寻过那只獾的爪印，稍稍研究了一番，结论是：这只獾曾经在栅栏墙围住的地方生活过，因为墙内有一截老河道，两条干水汊上有几个洞穴，大概其中的一处做过它的家。总之它每到半夜就会想念家园故地，所以这才翻墙入内，夜夜如此。

按我们的想象和推论，栅栏墙外边是无边的林野，那里才是一个更广大的世界，也更适合它的生存，而且有更多更长的老河道和水汊——但问题是只有这片被栅栏围住的地方才是它的出生地，于是任何地方都不能替代……这只獾是如此固执，无论是明月高悬还是漆黑一片，只要到了半夜就要攀墙过栏进来，惹得老黑不停地吠叫。

主人老陈不得不一次次平息老黑的怒气："让它来吧，碍不了咱们什么，它不过是进来溜达溜达。"

一只獾尚且会念念不忘自己的家园，更何况是人。

（图／小栗子）

饭局识人心

□潘笑楠

反腐大剧《人民的名义》中,"饭局"这个场景出镜率非常高,也再次印证了"吃"似乎是一种万能的交际方式。饭局千古事,得失寸唇知。有识之士通过饭局见微知著,识人用人,洞察饮食之道里的经济利益、社会关系、人际规则和文化滋味。

选座。饭局的开始——选座,就可以看出一个人的为人处世风格了。据说商界大佬喜欢从选座位识人。如果吃饭时,有哪位喜欢选领导身边的位置坐,他觉得此人过于积极,心术可能不正;而有的人却偏偏不喜欢坐在领导身边,老是挑离领导最远的位置,这种人要么太胆小,要么心里有鬼,他也不看好。

坐姿。饭局中的坐姿多少可以看出一个人的性格特点。比如饭局中正襟危坐的人平时待人接物一般也会一本正经、中规中矩;身体前倾,把胳膊支撑在桌子上的人则比较急切地想融入氛围或人际圈;身体紧贴椅背,仿佛深陷在餐椅中的人一般比较内向,不太享受与人交流。

谈话。饭局中,讲话方式也非常重要。讲话大声的人一般都热情豪爽,但也可能自信过头;说话小声的人善于思考,但可能比较敏感;语速缓慢而沉稳的人则会给人一种成熟稳重的安全感。

埋单。埋单行为是一种人情结算与义务承担,朋友间的轮流埋单可以说是为了友谊可以循环往复下去的一种方式。

"饭局"一词是把"饭"与"局"连成一体,吃的是饭,但也深陷人际关系这个"局"中,如果做得不好,会适得其反。

饭局中,最好"多参局,少说话"。多参局是为了让自己更多地出现在别人面前,大多数人都认为熟悉的人安全可靠。从某种角度来说,一个人只要曝光次数足够多,完全可以让对方记住你。少说话,一方面是为了减少失误,给别人留下一种成熟稳重的印象,另一方面是为了给人际关系留白。人们在交往过程中,如果能给对方留下一些空间,会有利于彼此的交往。

不过,以上所言只是一般经验,并不是放之四海而皆准,"吃饭识人"也要具体问题具体分析。如果你想改善人际关系,组一个饭局是不错的选择。

(图/朱少伟)

德国的森林为何总相隔着草地

□杨佩昌

德国是个森林覆盖率极高的国家，不仅山区里覆盖着大片森林，大小城市里也有占地面积极大的森林公园。森林覆盖率高当然是好事，然而一旦发生森林大火，不仅对生命财产安全有极大威胁，对大自然的生态也是一种极大的破坏。因此，在森林防火上，德国人很注重防患于未然。

去过德国的人都会注意到，它们的森林与森林之间总是有草地隔开，黑色的是森林，绿色的是草地，远远望去黑绿相间。一般人会以为，这大概是德国人的审美趣味罢了。实际上并不是如此，它是德国人防止森林大火的一招：即便有一片森林着火了，因为有草地做防火隔离带，大火也不易蔓延到其他森林。在海拔超过1000米的阿尔卑斯山，就可以看见密林中穿插着大片草场，草场上放养着牛羊，起的就是防火隔离带的作用。

阿尔卑斯山上有不少旅馆酒家，这些服务设施的周围，也环绕着草场，形成一片开阔的空间，一则为观光营造了纵深感；二则可防止森林大火蔓延到旅馆酒家。

森林大火的产生，虽然与天气条件紧密关联，但也与森林的树种构成关系极大，像松树等含油量高的针叶树类，着火的风险就很高。为此，在大片针叶树的森林中，德国人特意种上刺槐、红橡等不易着火的树种，作为延缓火势蔓延的隔离带。此外，德国人还在森林中开设宽阔的林道，一是用于机动车平时的森林作业；二是有利于在森林大火时消防车能及时赶到；三是起防火隔离带的作用。

对于城市的森林公园，德国人也极注意防火。像森林公园覆盖面积几乎超过城市总面积一半的慕尼黑，消防用道就像蛛网一样分布在森林公园内，一旦森林着火，消防车可迅速开到公园的各个角落。同时，森林公园旁都有河流小溪或人工湖，方便取水灭火。如果没有可取水的小溪和人工湖，一般会铺设可作消防用的供水管道。

还有，种植于居民区四周的树木，有关部门也会精心挑选，一般不栽种含油量高的树种；而居民区之间，还设置草地作为防火隔离带或设防火墙。

在防火方面，德国人的心思真是缜密。

(图/点点)

给医生加个鸡腿

□莲子医生

有一次，我在"五一"小长假时值班48小时，从第一天早晨一直到第三天早晨才能算结束，当时只能祈祷晚上病房平稳，不会有人病情加重，不会有急症，不会有危重病人，希望所有人身体健康，不要在假期来住院。遗憾的是我运气不太好，第一个夜班基本上没休息，第二天白天哈欠连天，实在没办法了，去买了咖啡提神。

病房当时病人不多，有个病人看我白天、晚上都在医院，第二天还在，可能是觉得奇怪，没见过医生这么上班的，来问我怎么回事，为什么夜班之后不回家休息。我随口解释了一下，就去找护士处理医嘱了。

当天下午，之前询问我的那个病人又来了，给我送来一袋苹果，说是有人来探病送的，他吃不完，分我一些，看我这么长时间值班不能走又不能休息，还顿顿吃泡面，太让人心疼了。

我当时就给吓坏了，急忙说："心意收下了，苹果就不要了。"

病人听完以后摇摇头，说："你们规矩真多。这就几个苹果，跟红包不是一回事。"

我尴尬地笑了笑。这个病人就走了。

我以为这件事情就结束了，不过心里还是稍微有点儿高兴的，不是为了那几个苹果，而是因为有人理解我的辛苦。我打起精神继续干活。到了晚上，又错过了饭点，盒饭完全冷了，我吃了一口觉得难受，还是打开了桶装的方便面找热水冲泡。

开水房在病房那边，我冲了开水以后端着在病房里转悠等面泡好，那个病人又出现了，而且端了一碗饭来。

等面好了我准备吃时，那个病人忽然说："医生，我看你这个好像蛮好吃的，我们换点儿菜吧。"

然后他就把碗里的鸡腿和荷包蛋夹给我，从我这边捞了一筷子面走了。

我拿着方便面愣了一会儿，突然明白过来，感动得想哭。

因为我之前五点多巡视病房的时候看到他家已经开饭了，这一碗饭怎么可能是他的晚饭，筷子都是干净的，饭完全没动，这根本就是找了个由头来给我加个鸡腿的。

鸡腿非常好吃，这碗面也非常温暖，比之前那几顿都好吃得多。

（图/罗再武）

桃有羞色

□寒 石

　　桃是以茧的形式降世的。它小心地给自己裹上一层密匝、乳白的茸毛。你认为它怕冷也行，觉得它为寻求一种安全感也可以。反正那时的桃，乍见之下，让人疑为非桃，而是一条毛毛虫。这就对了。它太弱小。让人觉得是桃，虫子就会找上门来。有一身茸毛武装，鸟儿见了也会嫌弃，觉得这小虫儿不可口，没什么意思，算了。

　　一枚桃躲在树的胳肢窝里，顶上簇拥着的叶子像守护神，为它遮蔽风雨和阳光暴晒。它也不想早早暴露在人们的视野中。桃长到拇指肚大小时，心形的小脸开始有青郁之色，中缘线开始饱满凸起，若女孩的唇角。遍身的茸毛依然在，只是稍显浅淡。虫儿鸟儿有多垂涎这新桃儿呵，它们连桃叶树干都不放过。你说桃儿生性害羞也行，说它胆小怕事也行，反正它不想早早招来那些无聊之人叨扰就是了。

　　桃树受损或虫蛀疤痕会分泌出一种汁液，久而凝结成琥珀色冻状物，曰胶。《名医别录》曰："桃茂盛时，以刀割树皮，桃胶久则胶溢出，采收，以桑灰汤浸过曝干用。"据说桃胶最通津液，能治血淋石淋、痘疮黑陷。对今人而言，它更是种美食，据说还养颜。桃胶配银耳，与木瓜炖成羹，色泽、营养、口感，全齐了，最对女人口味。桃胶银耳煮红枣，桃胶银耳炖莲子、炖皂角米、炖燕窝等，皆有异曲同工之妙。

　　当桃表皮上的茸毛褪得只剩一层霜时，桃的小脸也脱去了最初的青涩，变得粉白、丰润，当然还免不了内心潮起的羞赧，白里映着红。这时的桃，美白红润的小脸不时在叶丛中闪烁，像一个情窦初开的女孩，渴望展现，又怯于展现，心形、瓜子状或扁扁的脸上泛起阵阵潮红。黄桃是个大脸婆，黄的门面上透着厚厚的肉感。蟠桃或许是被孙猴子在蟠桃会闹怕了，藏在树丫里，脸被挤得又扁又窄。水蜜桃是桃园里的女神，心形的小脸丰润有光泽，飘着朵朵红晕，蒂心部位还缀有点点或紫酱或赤褐的美人痣。

　　桃的甜，是非常类型化的那种，让人过口难忘。稍生鲜的桃甜而生脆，一口咬下，可以看到水蜜桃皮色漂亮，心里更美，核是紫的，越往外越淡，肉色依次是紫红、玫红、水红，至外皮就剩红色斑点了。蟠桃是一色的玉白，黄桃黄得比表面纯正，有寿山石的韵致。

　　桃熟后，内肉最终趋向流汁化，尤其水蜜桃，鲜甜清香，柔滑爽口。著名的奉化水蜜桃，名曰琼浆玉露，熟透后，可以扎根吸管进去，吸着吃，果真跟名字一样。

　　桃有羞色，它生怕自己不够好、不够美。

（图/曹黑黑）

间歇

□莫小米

三十多岁，正是创业者劈波斩浪的大好时光，他却遇上了一次间歇，时间长达九个月。

间歇的当时，非常痛苦，今天来看，又是如此重要。

跟所有草根企业家类似，少年的他随父挑货郎担，倒卖瓜子、香烟、牙刷、服装……甚至承包养鱼塘，干了二十多个行当也没干出名堂。

他是个实诚人，有记者问他，最后为何选择了做吸管？他说："不由我选择，只是跌跌撞撞、四处碰壁后的一个归宿。"

十多年后，少年变成了青年，他回到义乌，凭亲戚关系租了个摊位，卖当时刚流行起来的日用品——塑料杯、一次性筷子、纸杯、吸管……

有了积累，他盘下一家吸管工厂。几年后厂房拆迁，政府补贴，租到了很大的厂房，他扩大生产，除了吸管，还做一次性杯子、一次性塑料刀叉……

三十多岁，正是创业者一往无前的时候，突如其来，老父查出肺癌晚期。其时厂里所有的后勤，包括财务，都是老父管理。

父亲交账后送医治疗，六十天后去世。他在父亲去世后的第十四天，心脏病突发，被连夜送到义乌医院，又被连夜送到上海瑞金医院，保住了命。在瑞金医院住院九个月，恰逢"非典"，有两个多月时间，他没看到任何亲人。

这期间他做了什么？一、学习。买了第一台手提电脑，下载软件，一边看书，一边学习，多的是时间。二、思考。他想清楚了，其实不需要做太多东西，因为做的东西太多，精力根本跟不上。还是回归一根吸管，但要将企业做到同类最优，方方面面。

间歇之后值得说的第一件事，引进雨水采集、废水处理、屋顶绿化一套系统，整个企业不排放污水，不外运垃圾。曾找过设计院，人家理都不理。只能自己设计，自己指导施工。

第二件事，研发了"可降解吸管"项目，因为价格高，一直卖得不好。但随着欧盟市场禁用塑料吸管，吸管革命席卷全球，环保吸管迎来了春天。

一根吸管，刨去各项成本，利润微薄。但如今他的工厂年产吸管七千多吨，产值近两亿元。

他常对人说，没有那个被逼无奈的间歇，也许就没有今天。

（图/豆薇）

姑娘，生活中没那么多女士优先

□花绚水静

前几年，我跟一个朋友的妹妹F合租房子。F是个能言善辩，又略带负能量的女孩。她常说的一句话是："我只是一个姑娘家，为啥要过得像男人那样艰辛？让我嫁个有钱人吧，我就不用过得这么狼狈了。"

对此，我是不敢苟同的。有次，我实在没忍住，跟她分享了自己的想法："你总觉得自己是个姑娘，所以不该为生活奔波，理应坐享其成。可是生活从来不会因为你是姑娘就对你格外开恩。"

说完，我看到她脸上露出了惊愕的表情。我不是有意打击她，只是想让她明白这样一个道理：生活不会因为你是姑娘就对你笑脸相迎，即使作为一个女孩，也有努力的必要。

想起大学隔壁宿舍的一个女孩毛毛，上了大学之后，她就争分夺秒，学好专业，搞好社交，提升品位，哪项都没落下。有人问她："你这么拼命，不累吗？一个女孩那么努力干吗？"

她笑笑说："女孩更应该努力啊，于己，为了让自己有更多的选择权；于家，为了有更好的经济条件赡养父母。现在不累点儿，以后就是身心俱疲了。"

到了毕业季，当大家都在为写论文、找工作疲于奔命时，毛毛手里已经握着很多知名大企业的录用通知书，在那里挑挑拣拣；而经济早已独立的她给自己和家人买各种贵重物品，还带着家人到处去旅行。

毕业之后，出于对漫画的热爱，她选择走上创业之路，用大学积攒的资金开了一间工作室。经过两年的用心运营，工作室做得风生水起。后来，遇到了现任老公K，K对她体贴入微，婚后生活恩爱甜蜜，羡煞旁人。可以说，毛毛把"一个女孩子为什么要努力"用行动阐释得淋漓尽致。

亲爱的姑娘们，你可以有小女生的一面，但你也必须有爷们的气魄，有独自解决问题的能力；你可以有哭鼻子掉眼泪的习惯，但你也必须有汉子的勇气，需要把所有的困难都踩在脚下。

因为，在晋升时，在考试中，在评优时，没有一条规定是：女士优先。

生活不会因为你是姑娘就对你笑脸相迎，想要出类拔萃，自身必须努力，你要学会用自己热爱的方式生活，不堕落，不浮夸，活成岁月静好的理想模样。

（图/鹿川）

他们的无力感

□王思渔

很多人会认为，父母生病了，只要把他们送进医院，接受治疗就可以了。然而老人生病，不光身体上遭受痛苦，心理上也会经历一种创伤。

那一年，妈妈还不到50岁，她常常说自己腰膝酸软、失眠多梦。我陪妈妈去看医生。

做完一系列检查，医生问妈妈："何时月经结束的？"妈妈想了想说："很多年前就结束了，四十一二岁的样子。"

医生惊讶地说："那不正常啊，一个女人月经这么早结束，需要吃药调理，否则机体功能会快速衰老的。"

妈妈抿抿嘴问："现在还能治吗？"医生摆摆手说："当时可以，现在都过去这么多年了，不管用了。"

听他们说完，我又急又气，一边收拾药包一边对妈妈说："当时为什么不告诉我们？你看看，现在都没法治了。"

忽然间，我发现妈妈的五官因为痛苦而拧巴在一起，脸颊上有两行泪流下来，她站在那里像小孩子一样低声抽泣。在我和妈妈向医院大门口走的过程中，她一言不发。

虽然过去了这么多年，想起那一幕，我依然是又愧疚又心疼：本来妈妈的身体就不舒服，我却还要当众责备她，而她当初忽然停经，作为女儿的我却一点儿都没有察觉。

之后，妈妈一直在吃药调理，但是性情明显阴郁了许多。我只当她是更年期。现在想来，妈妈只有小学二年级文化，忽然被医生告知："你身上有一个病症，因为延误而无法医治。"那种漫天的无助感一定给了她很大的打击。

生病对老人来说是一种人生的困难。他们每天期盼的是如何恢复到原来的状态，而年迈的身体在与病魔对抗的过程中又是如此无力。这种对身体的无力感会令老人感到活下去的意义真的不大了。

所以我们会发现，一个人年轻的时候是不怕死的，可是年纪越大，往往越忌讳生死。这也许是因为，老人的生命接近尾声，他们清晰地感受到生病时慢慢接近死亡的那种被抛弃、被背离的痛苦。

（图/李坤）

这就是母亲

□蒋 勋

一月七日，从高雄坐高铁到台北，因为是直达台中才停靠的快车，上了车就按斜椅背，准备休息看书。

车快要启动前，忽然听到喧哗吵闹的声音，从七号车厢的后端入口传来。许多乘客都被不寻常的骚动声音惊扰，回头张望。

我坐在最后一排，声音就近在身边，但是看不到人。是粗哑近于嘶吼的声音，仿佛有人趴在车门边，一声一声叫着："你带我去哪里呀——"

然后，七号车厢的服务小姐神色仓皇地出现了，引导着两位纠缠拉扯的乘客入座。

车子缓缓开动了，这两位乘客终于坐定，就在我座位斜前方。

其中一位五十岁上下的妇人，有很胖的身躯，有点变形的脸，不断嘶吼咆哮着："你要带我去哪里呀——我不要去——"她像要赖的孩子，双脚用力跺着车厢地板，吼叫着"我不要去——"

许多乘客都露出惊惶的眼神，前座的乘客悄悄移动到其他较远处的空位上。

我在斜后方，看着这有智力障碍的妇人，她忽然回过头，跟旁边一直安抚着她的另一个妇人说："我要吃——"

另一个妇人七十岁到八十岁，很苍老，一脸皱纹，黧黑瘦削，但是身体看起来硬朗坚强。她从一个提袋里拿出一包鳕鱼香丝，递给有智力障碍的妇人："吃啊，乖哦——"

妇人迫不及待，一把扯开包装的纸袋。一条一条像纸屑一样的鱼丝飞散开来，散落四处。老妇人赶快趴下去，一一拾捡，放进有智力障碍妇人的手中。

有一些飞散在我身上，我捡起来，交给老妇人，她回头说："谢谢。"我笑一笑，问她："女儿吗？"

她点点头。

她的女儿把鳕鱼香丝塞进口里，大口咀嚼，鱼屑一片一片从口角掉落，母亲为她擦拭着。

女儿好像安静了下来，但不时会突然惊惶地问："你要带我去哪里？"母亲很耐心地说："出去走走啊，闷在家里怎好？"

一个近八十岁的母亲，照顾一个有智力障碍、近五十岁的女儿，那是多么漫长的一段岁月啊。

我在斜后方，做着我应做的功课。知道自己没有能力做得比这一位母亲好。也知道自己有很多生命的功课要做，比艺术更重要的功课，比美更重要的功课。

（图/吴敏）

鲹鱼怎样吃到燕鸥

□汪 洋

一条长超一米的珍鲹,"哗"地一下跃出海面,将一只拼命拍打翅膀想要飞起来的小燕鸥吞进大嘴。这一幕是自然历史纪录片《蓝色星球2》中的真实镜头。有人认为,作为鱼,珍鲹吃到飞翔中的小燕鸥,是小概率事件。但真是这样吗?

广泛分布在热带和亚热带海域的珍鲹,食谱里除了水生生物,还有燕鸥等小型鸟类。每年小燕鸥学飞时,喜欢单独行动的珍鲹会改变生活习惯,成群结队逡游在浅滩礁周围。浅滩礁上,聚集了成千上万只学飞的小燕鸥。它们翅膀稚弱,无法像父母那样进行长时间飞行,飞不了多久就得回到浅滩礁上,或者直接降落在海面上休息。这便给珍鲹创造了绝佳的捕食机会。

小燕鸥刚起飞时,珍鲹游得很慢,避免产生大水波,引起小燕鸥的警觉。刚开始学飞的小燕鸥很兴奋,往往一鼓作气飞得很远,等到察觉到疲累时,已经无法再一口气飞回浅滩礁,它们会选择就近降落在海面上休息。看到水面上的那团黑影后,珍鲹会飞快地冲出水面,将来不及起飞的小燕鸥吞进嘴里。

在很多落到海面上的小燕鸥成为珍鲹的美食后,其他小燕鸥经过一段时间练习,飞行能力提高了很多。为逃脱和同伴一样被捕食的命运,它们改变了策略,不再长时间停留在海面上,降落时并不收拢翅膀,在腹部刚一接触水面时,便又奋力拍打翅膀飞起来。

发现小燕鸥的举动后,珍鲹知道再像之前那样捕食,很难再有收获。它也改变了策略,一旦发现有黑影靠近水面,便飞快地摆动尾鳍,在小燕鸥可能接触水面处,早早地张开大口。如此一来,本想碰触水面一下的小燕鸥,就直接落到了珍鲹嘴里。

这惊心动魄的一幕,吓坏了其他小燕鸥。它们再次改变了策略,选择从高空俯冲而下,即将接触水面时,再奋力拍打翅膀重新飞高,改变飞行轨迹落到旁边的海面上。张开大口等着的珍鲹,什么也没有等到。随即,珍鲹也跟着改变了策略,不再在水面下游动,而是高速游动在水面上。看到小燕鸥从高空俯冲而下,在与水面非常接近时,珍鲹尾鳍用力一摆,"哗"地一下跳出海面一米多高,在空中张开大口。来不及改变飞行轨迹的小燕鸥,最终难逃厄运,被珍鲹吞入了大口。

可见,珍鲹捕食到小燕鸥,并非小概率事件,而是它们根据对象举措及时改变策略,将很多人认为不可能的事情变成了可能——水中的鱼,只要方法得当,照样能吃到飞在空中的鸟。

(图/兜子)

如何较快地做出正确决定

□ Mr.6

我有一个朋友，我们都一直觉得，他真的是一个人生"很顺"的人。

毕业那年，有了一个机会，他就从美国飞到上海做他的第一份工作，比所有人都早了五年以上。

然后，在大家都还不知道他和谁交往的时候，突然闪电结婚，现在小孩都快上初中了。

后来，他选了一家中型的公司加入，当其他公司向他招手、挖角，他毫不动摇，公司从中型变大型，我朋友现在是该公司的总经理。

当他带着他的三个孩子，再递出这家知名企业"总经理"的名片的时候，我们都好羡慕他呀！

但，他只淡淡地回答："我，只是很会下决定而已。"

他认为，他之所以现在如此飞黄腾达，一切都是靠"决定"出来的。

他下的决定又快、又狠，于是，他的人生也比其他人的人生都要快，快多了。

我们都常常被一些"选择"给暂时困住，以至将它搁在一旁。一搁，就是至少一两年，甚至五年以上。

两家公司，选哪一家？

两个职位，选哪一个？

或，两位追求者，选哪一位？

该不该卖掉这套房子，去买另一区的？

到底，这位朋友，"凭什么"可以大刀阔斧地做决定的呢？

他的回答，令人吃惊。

"理由不是用'想'的，而是用'找'的。"

"你只要'找到'一个非选它不可的理由，非它不可，就会是正确的决定。"

我发现身边仍有人还没结婚，往往是无法做出选择；他们身边的对象并不缺乏，但没有一人是完美的，于是，你仍痴痴地等待某天会有一个"理想伴侣"突然从天上翩然降临。

但往往到最后，给你的永远就是这些（永远没有"理想伴侣"）。

这时候，就考验你，要找到"某一个理由"。

那个理由，让你非选"某一个选项"不可。

而那个选项，往往会是不后悔的选项。既然不会后悔，就立刻去做吧！

理由是用"找"的，不是用"想"的。

这招很有用，真的，能帮助你较快地做出正确的决定。

当你的决定做得快，不管正确不正确，人生，至少都会更快速地到达下一个、我们从来没有看过的"境界"了。

（图/罗再武）

恩怨都要讲分寸

□大江东去

为人狐疑是个毛病，自个儿苦恼活该。为官狐疑很麻烦，小则误身，大则误国。

战国晚期，张仪赴楚相家陪酒，遭疑偷了楚相一块玉璧，被拘起来掠笞数百，他抵死不认。后来张仪当上秦相，写信警告楚国宰相："当初我陪着你喝酒，并没偷你的玉璧，你却鞭打我。你要好好守护你的国家，我反而要偷你的城池了！"

国事、家事、私人恩怨，杂七杂八难以分得清楚，无非都是因果报应，前有楚相有罪推断乱施家法，后有张仪公报私仇，楚国由此被强秦戏弄，丢城失地。

张仪之后，范雎重演了一遍因狐疑而乱施家法的恩仇故事，不一样的是范雎恩怨分明，报仇也极讲分寸。

范雎是魏国人，游说之士，周游列国无人赏识，便回到魏国，寄身中大夫须贾门下寻求进身机会。须贾奉命出使齐国，范雎随行，几个月下来，使命并未完成。齐襄王知道范雎有辩才，送给他十斤黄金及牛肉美酒。须贾知道后，恼怒嫉妒，疑心丛生，回国将小报告打给魏相魏齐，说范雎出卖情报换取黄金。

当时，魏齐正在聚众宴饮，一听出了间谍，便不分青红皂白，下令刑讯逼供，用板子荆条打得范雎肋折齿断，根本不给申辩机会。范雎一看，小命要呜呼哀哉了，便装死求脱身。魏齐命人用席子把范雎卷上扔到厕所，又让宾客轮番往范雎身上撒尿。

身为相国，魏齐鼓动众人辱"尸"，品德该打负分。这番流氓酷吏举动，便埋下了他日后走投无路自取灭亡的祸根。

范雎忍着羞辱，继续装死，直到无人之际，方才开口对看守说："你放走我，我日后必定重重地谢你。"看守倒是颇存怜悯之心，请示魏齐把"死尸"扔掉算了。魏齐因折磨人而快乐得忘乎所以，喝至酩酊大醉，批准看守的提议，范雎得以逃脱。

范雎历尽艰险逃至秦国，说动秦昭王——《芈月传》里的公子稷，当上秦相。君子报仇，十年不晚，范雎告诉前主人、魏国使臣须贾："给我告诉魏王，赶快把魏齐的脑袋拿来！不然的话，我就要屠平大梁。"有强秦做后盾，魏国惹不起，又顶不住，魏齐只得亡命赵国，却经不住秦昭王也出头为范雎报仇，被迫刎颈自杀。

掌握生杀予夺之权，任性地施以严刑峻法，种下的都是恶因，可见，疑罪从不是救人的法理。

（图／朱少伟）

人生最重要的能力

□肥肥猫

人生最重要的能力是应对主观时空扭曲的能力。这个概念有点儿玄。

这里说的"时空扭曲",指的是主观的时间流逝感觉随着年龄开始加速,而且一发不可收拾。

相信大部分人都有这样的感觉:时间过得越来越快了。小学时是一个月一个月地过,大学时是一学期一学期地过,工作后变成了一年一年地过。越往后,过得越快。

我在网上找了一些解释,有一个说法比较有趣:五岁的时候,人的记忆有五年,这时候过一年,到六岁时,记忆增加了五分之一;六岁到七岁,记忆增加了六分之一;七岁到八岁记忆就只增加了七分之一。依次类推,到了二十岁的时候,过一年,记忆便只增加二十分之一。

这一年的时光虽然没变,但是参照物变了,所以大家就感觉时间过得快了。这个说法有一定的道理。

如果用"记忆增量理论"来解释,那就说明我们成年后的工作和生活,都是在简单重复。所以大脑中的总数据,并没有像儿时那样,处在迅猛增长的阶段。

大脑处理今天的24小时,只需要动用几年前就已经存好的索引,驾轻就熟。总信息量几乎没有增加,你主观上感受到的"新东西"当然就少,而体验"新东西"恰恰是放慢主观时间的命门。

套用知乎上"舒适区"的说法,要解决"时空扭曲"的问题,我们必须走出"熟悉区"。熟悉区是时空黑洞,会不断加速消耗、吞噬你的时间。

如果你走出办公室,去陌生的国度待一个月,就会发现这一个月并没有像在办公室里那样,星期三过完,就差不多能指望星期天了,而是觉得比在办公室待两个星期还要长。这是对抗"时空扭曲"的一个例子。

并不是只有旅游才能有这样的效果。你如果在自己身上多试验,会发现很多适用你个人的手段,但前提是:你要有摆脱"熟悉区"的意识。

这是我认为人的一生所需要掌握的最重要的能力之一。掌握了对抗"时空扭曲"的本领,你就能延长主观生命。

(图/木木)

知足须忍痒

□程学武

曾读过"齐人攫金"的故事，说齐国有个财迷，整天想着要有许多金子。一天，他来到集市上，看到一家金店，直奔柜台，揣起金器就跑。几个路过的巡吏将他抓住。县官审问他："当着那么多人，你竟敢去抢别人的金子！"那人这才清醒过来，答道："我拿金子的时候，只看见了金子，除此之外，什么也没有看到。"

明代的刘元卿曾撰写《王婆酿酒》的寓言，读来颇为有趣。王婆以酿酒为生，有个道士常到她家借宿，喝了几百壶酒也没给钱，王婆也不计较。一天，道士说："我喝了你那么多酒也没钱给你，就给你挖一口井吧。"井挖好后，涌出的全是好酒，王婆自然发财了。以后道士又问王婆酒好不好，王婆说："酒倒是好，就是没有用来喂猪的酒糟。"道士听后，笑着在墙上题了一首打油诗："天高不算高，人心第一高。井水做酒卖，还道无酒糟。"写完之后，这口井再也不出酒了。

当一个人该知足而不知足时，就会目眩神迷于五色之惑不能自拔，成为贪欲的奴隶。

有位县官死后留下一只小木箱，后人打开一看，是满箱血迹斑斑的草纸，以及一封信件。原来这位县官生前面对贿银，内心也曾一次次发痒。为戒贪拒贿、煞住心痒，他以锥刺股，以纸拭血，久而久之，集满木箱。信末，他以苏轼名言告诫儿孙："忍痛易，忍痒难！"

极少数位高权重的"聪明人"，书读得比别人多，见识比别人广，可关键时刻，忘记了祖宗的良言，忘记了前车之鉴，见利便如蚁挠心，奇痒难支。一些几十年一尘不染的干部，最终经不住诱惑，由"心痒"到"手痒"。结果"伸手必被捉"，成了阶下囚。

其实，"知难不难"。古人云："一念收敛，则万善来同；一念放恣，则百邪乘衅。"忍住痒，守好清正廉洁的总开关，关键是要修身慎行、怀德自重、清廉自守。各种"诱惑的痒"少了，才能心明眼亮，识别出什么是鲜花、毒草，什么是阳光大道，什么是陷阱；才能在人生的任何关口，都经得起诱惑，躲得过围猎，守得住底线。

(图/曹黑黑)

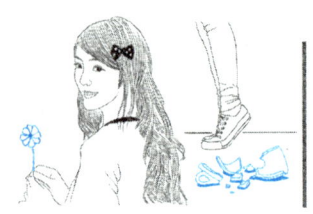

踮着脚尖得到的东西

□琢磨先生

在丹麦的哥本哈根买了两个瓷杯，据说是皇家瓷器，所以要求店家包裹得里三层外三层，再装在加厚的盒子里，中间塞上泡沫，飞了近十个小时终于顺利带了回来。

回到家一层一层打开，欣喜之情难以言表，就在打开最后一层包装的时候，手一滑瓷杯掉地上，碎了，一片一片的，如同我破碎的心。

这世上最遗憾的事情莫过于，就在要成功的最后一刻，功亏一篑。

我认识一个女孩，特别喜欢一个男生，她每次跟我谈起这个男孩，眼睛里都是满满的幸福。

为了让那个男生喜欢自己，她基本做到言听计从，男孩让她跟谁交往，她就跟谁交往；男孩让她穿什么衣服，她就穿什么衣服。甚至，男孩喜欢什么语气，她就用什么语气跟他交流。

男孩喜欢看斯诺克，她就经常问我关于斯诺克的规则，虽然从她的眼神中感觉到她根本不喜欢这项运动，但她说每次陪那个男孩的时候，她就会假装大呼小叫，做出很享受的样子。

最后，他们分手了，她主动提出的。

她说，自己太累了，每天过得如同一个演员，而且是一个没有灵魂的演员，虽然她依然喜欢那个男孩，但这样自己每天小心翼翼地过下去，她说自己会疯。

我们经常小心翼翼地呵护一个心爱之物，或人，不惜付出一切努力，但事实往往就是，小心呵护的东西反而因为太谨慎而破碎。努力讨好一个人，如同踮起脚尖去取高处的东西，因为不稳，往往最终人、物，两相损。

我把瓷杯的碎片，装进一个大玻璃瓶子里，里面放了丹麦一个小徽章，朋友问这是什么艺术品。我说这是一瓶子心情，看到它，就想起自己在哥本哈根的那段快乐旅程。

后来那个女孩爱上了另一个男孩，我问她喜欢对方什么。她说："在他面前，我可以无拘无束，随性自然。"我懂她的这份感觉，就如同走在平地上，舒舒服服，随时可以翩翩起舞，随时可以发现美好的自己。

（图/张翀）

困境,最能看清一个人的品质

□疯狂的桌子

《我的前半生》中,最揪心的一个场景就是贺涵当面告诉唐晶,他爱的是罗子君。

十年相爱、一朝相离,还是被最好的闺蜜插足,唐晶脸上的表情一点点消失,又一点点挂上傲人的寒意,曾经爱得有多深,那一刻伤得就有多痛。

说真的,换作别人就直接发飙或者报复了,但唐晶什么都没做。

更让人佩服的是当薛甄珠去堵唐晶,求她成全罗子君和贺涵时,连我们这些吃瓜群众都看不下去了。但唐晶仍然阿姨长、阿姨短,保持了所有的尊重。

后来,她还探望并宽慰病重的薛甄珠说,已经再找新男友了。

唐晶对罗子君说:"上大学时,每个星期都是要去你家吃饭的,薛阿姨也算我的家人,应该去的。"

知恩图报,看似简单,却展现了一个人的品质。

不是谁都能在被伤害时,还能守住自己的底线;不是谁都能在被刺激时,依旧不忘感恩。

很多人在身陷困境时,往往会反咬一口,就像凌玲,被开除后,心里不忿,联合小董盗取核心数据透露给竞争对手,不仅陷唐晶于绝境,更让辰星蒙受了巨大损失。

她的行为已经不仅是作恶了,更直接触及了法律的红线。

困境最能显露出一个人的品质,因为这时手上的筹码最小,能获得的帮助也最少,却又举步维艰,难免产生失落、不平衡,甚至仇视和嫉妒的心理。

如果一个人身处困境,依然能坚守自己的品格,那么他肯定值得托付和交往。

而那些品质低劣之人,在得意时,还能做到温恭谦让,可一旦落魄就会露出本性,变得张牙舞爪,僭越做人的底线。

俗话说,图穷匕见、水落石出。困境,会让一个人赤裸裸地展现在大家面前,好或坏一眼便知。

所以,困境最能看清一个人的品质。

(图/张艺馨)

有句话不知当讲不当讲

□罗 伟

朋友有时会以这样的方式试探我:"有件事情不知应不应该对你说。"我一听,就知道是电视剧的台词"有句话不知当讲不当讲"。接下来对上的台词是"请讲"或"我不会介意的"。但我不喜这样的接头方式。一听话头不对,我便说:"不听。"

但是,对方并不买账。既然起了这个话头,他是不会把嘴边的话硬生生地吞回去的。在几经铺垫之后,他还是把事情跟我说了。我就知道,没什么好事。听了之后,好心情顿时没了。

有很多东西,说出来是无关痛痒的。说出之后非但不能改变现实,反而给人凭空添乱。比如,有人在背后诋毁、中伤你。你原本对那个人的禀性了如指掌。听了那一番话之后,你既不能改变现实,又不能对别人进行"打击报复"。所以,这样的话,听来何益?只能把自己的心情和生活弄得一团糟。特别是"解毒"能力不强的人。心本就善,又担心自己是不是做错了什么事,给别人添了麻烦,害得别人这样说自己。左思右想,辗转反侧,一夜无眠。所以,背后说人坏话定然不妥;那么,背后听人坏话,又有什么必要呢?

如果你的一位朋友和女友分手了,他用了好长一段时间才平复内心的情绪,开始变得平静下来。

有一天,你在街上看到了他前任女友,并且,和另一个男人走在大街上。你会不会回去很神秘又有点儿八卦地跟他说"有一件事情不知应不应该告诉你"。最后,你还是忍不住把你见到他前女友的事跟他说了。你把他前女友的身形打扮,把她在街上的欢乐幸福,把她的每一个细节都描摹得一清二楚。你生怕他想不起她的一颦一笑,你生怕他想不起她生活中的每一个细节,还是你生怕他想不起他俩手牵手走过的朝朝暮暮?

虽说你并无恶意,你只想告知他前女友的信息。但是,你毕竟做了一件坏事。就像一面动荡的湖,好不容易平静下来了,你却给它投下了一颗大石子,弄得水花四溅,波浪动荡。你于心何忍?分开就分开,相濡以沫,不如相忘于江湖。过了就过了,有些事情,不必再提及。提起非但无益,反而会给别人带来困扰。

(图/曹黑黑)

杭州西湖告诉世人的"常理"

□陆 地

本来，它只不过是杭州城外的一面广阔的水洼，经年受上溯海潮的困扰，洼内水质，或咸或淡。

据说杭州城外这片广阔的水洼，第一次经人工处理，是筑钱塘，是为阻止海水进来，不然这水洼四周的百姓无水灌溉，也无水可用。水洼一经人工，便为"湖"，世间称"湖"者，大概如此。

这面湖，当初真的非常普通。

即便是在唐朝，它也只不过是杭州城区百姓眼中的一口"大井"。时任杭州刺史的李泌，在城区挖渠，把湖水引入城内，解决了杭州人的喝水问题。

是的，这就是名闻天下的西湖。

时至今日，这面湖早已失去了实用功能，仅以审美而存在，它成为一座城市的魂，一个在全世界都可以排得上名的旅游目的地。这一切又是怎样发生的？

地理学家们一直在"惊异"于这样一个事实：地球上所有湖泊，无论是天然的，还是人工的，都因为地壳运动，或者人类活动，而不断萎缩，水质变差，最终走向生命的终点。但西湖非常奇怪，这千百年来，水域面积并没有缩小，而是在不断扩大……一个从南宋开始，湖边就有"参差十万人家"的湖泊，水质并没有变差，而是一年比一年清。

没有千百年来对这面湖水的"呵护"，是万万不能办到的。

这天下有哪一面湖水，能自始至终得到政客、文人墨客、市井百姓的万千宠爱，容不得别人玷污它、填埋它……

几年前途经安徽巢湖，见到周边工厂污水直排，我说这巢湖怎么受得了；几年前在太湖泛舟，桨橹之上附着一层薄薄的"青苔"，船老大说水质大不如他们小时候了；几年前雨中游昆明滇池，水质也不尽如人意……

别说山水无情，其实山水最有情意。你对它倾情，它就会一直"铭记在心"。杭州，因湖而名，城内近千万百姓，受益无穷。

西湖告诉世人的，也许就是一个人与自然和谐相处的"常理"。

（图/麦小片）

我与数学

□ 一人趟

众多的老师中,我最想感谢的就是数学老师,感谢数学老师让我心中留下了对数学深深的恐惧,而正是基于此,才让我在高考后填志愿时,始终明确专业选择要以数学为首要"革命对象",以规避数学学习为宗旨,最终走出了符合我智商水平的专业选择文科化发展道路,选择了法学,让我摆脱了被数学支配的恐惧。而今每到期末,总能看见各专业的同学们在微积分与线性代数的世界里哀鸿遍野,而我,左手咖啡,右手枸杞保温杯,背着民法刑法商法合同法公司法民事诉讼法婚姻家庭与继承法等一本又一本的法条,甚感欣慰。

当年的数学作业,总是我的痛点,草稿纸用得比别人多,分数却比别人少。老师说我做题方法太复杂,但是我根本不知道怎么用简便方法做。简便的方法不简单,简单的方法不简便,这样的矛盾使我想挣扎却无法自拔,我以我的这颗朽木脑袋,在数学高分榜上活成了 tan X/2(不存在的意思)的模样,对此我深感抱歉。

老师说数学是由 50% 的公式、50% 的证明和 50% 的想象力构成的,可是在我的世界里,数学就是靠 10% 的数学知识加上 90% 的想象力。做题时画出图形,却不会演算与证明,拿着直尺大概比一下,心想"嗯,大概是这样吧,我猜就是这样",一道题便做完了,我天生粗糙的思维真的不适合数学这门缜密的学科。

现在回想起来,发现数学课堂上我学到最多的不是超强的数学分析能力和强大的逻辑思维能力,而是各式各样的 α、β、γ、θ 以及 Δ 等希腊字母的读法,实不相瞒一节课我可能 20 分钟都在想历来各位数学老师的不同读法,等回过神来才发现,我与老师之间隔着的已是银河。

最思念数学的时刻,莫过于每年"双11"打折的时候,在满减折上折等套路里,我一直试图用我贫瘠的几何、函数算法求解出最优惠的购物方法,每当这个时候我都无比怀念当初能轻易算出 Z_{min}(最小值)与 Z_{max}(最大值)的日子,怀念数学老师堪比天书又妙不可言的课堂。

数学难学且让人咬牙切齿,我们每每为卷子上扎心的分数灰心丧气,却也为老师精妙绝伦的解题方法所叹服。那个时候我觉得数学老师是这个世界上最聪明的人,再复杂的题目也能分析得头头是道,恨不得从中开出朵花来。

每次老师拿着我的卷子叹气时我也会心痛,不仅是因为自己太笨,更多的是责怪自己辜负了老师的期望。现在我已经不学数学了,xy 的世界离我越来越远,当初对数学 1% 的爱与 99% 的恨的记忆也在慢慢模糊。如果再给我一次机会,我仍然会拒绝数学,但是仍然珍惜数学留给我的宝贵回忆,珍惜那些年的"爱"与"恨"。

(图/木木)

回头路绝不好走

□梁凤仪

吾友认识一位60年代的红星，突然一贫如洗，沿门借贷。听说是因为赌。

璀璨归于平淡，好。归于贫寒呢？未免太凄凉了。

习惯有司机接送的人，突然有一天要挤上电车站的月台去，伸长脖子等十分钟，才有辆电车叮叮叮地来到，感觉是落拓的。

住惯几百平方米的洋房，忽然要搬进跳上床，才有足够转圜余地把房门关上的睡房去，怎能不辗转反侧？

许多年前，吾友萧老九就给我说："一旦买了了奔驰，屁股从此就只能坐劳斯莱斯。"

我记紧了这句话，从此之后，添置任何名贵物品，必仔细考虑自己的身家，非有极宽松的情况，不敢造次。

别的严重情况不去说它了。就是去年一下子冲动，在冬季大减价时，抱了不买白不买的歪心情，一下子抢购了十套八套名牌货色。穿了几个月，如今换季了，照从前老规矩，嘱裁缝赶制出来的衣服，穿在身上就不是味道。跑到名店去逛，离大减价之期尚远，这下心上难过得要死，究竟是买还是不买，穿还是不穿？直搞得自己诚惶诚恐，进退两难，悔不当初。

为什么有遗产这回事？就是人人都晓得为自己的将来留有余地。

说实在的，由宽变紧，由富变贫，实在太恐怖了，回头路绝不好走。

然而，任何人再胡乱花费，仍有限度。只有赌，可以风卷残云地令人的积蓄了无余剩。

当年星光熠熠，如今到处求借的赌徒，是可惜而不可悯。

比上面我说的赌徒更不值得原谅的人，或许只有一种，就是分明有份正职在身，并无嫖赌饮荡吹等不良嗜好，依然摊大手掌向人借贷，以期让他个人有更宽松的用度，这更为可耻。

困难若是咎由自取，同情分减半。将无度造成困扰的问题转嫁他人肩膊者，则罪加一等。

(图/罗再武)

母鸡

□老 舍

一向讨厌母鸡。不知怎样受了一点惊恐。听吧，它由前院嘎嘎到后院，由后院再嘎嘎到前院，没结没完，而并没有什么理由；讨厌！有的时候，它不这样乱叫，可是细声细气的，有什么心事似的，颤颤巍巍的，顺着墙根，或沿着田坝，那么扯长了声如怨如诉，使人心中立刻结起个小疙瘩来。

它永远不反抗公鸡。可是，有时候却欺侮那最忠厚的鸭子。更可恶的是它遇到另一只母鸡的时候，它会下毒手，乘其不备，狠狠地咬一口，咬下一撮儿毛来。

到下蛋的时候，它差不多是发了狂，恨不能使全世界都知道它这点成绩；就是聋子也会被它吵得受不下去。

可是，现在我改变了心思，我看见一只孵出一群小雏鸡的母亲。

不论是在院里，还是在院外，它总是挺着脖儿，表示出世界上并没有可怕的东西。一只鸟儿飞过，或是什么东西响了一声，它立刻警戒起来，歪着头儿听；挺着身儿预备作战；看看前，看看后，咕咕地警告鸡雏要马上集合到它身边来！

当它发现了一点可吃的东西，它咕咕地紧叫，啄一啄那个东西，马上便放下，教它的儿女吃。结果，每一只鸡雏的肚子都圆圆地下垂，像刚装了一两个汤圆儿似的，它自己却消瘦了许多。假若有别的大鸡来抢贪，它一定出击，把它们赶出老远，连大公鸡也怕它三分。

它教给鸡雏们啄食，掘地，用土洗澡；一天教多少多少次。它还半蹲着——我想这是相当劳累的——教它们挤在它的翅下、胸下，得一点温暖。它若伏在地上，鸡雏们有的便趴在它的背上，啄它的头或别的地方，它一声也不哼。

它负责、慈爱、勇敢、辛苦，因为它有了一群鸡雏。它伟大，因为它是鸡母亲。一个母亲必定就是一位英雄。

我不敢再讨厌母鸡了。

（图／曹黑黑）

使劲地爱

□丁丁张

我QQ上有个好友，夜里说他在加班。后来我们聊了几句，他说其实他不是加班，是爱人出差归来，第二天的早班机到京。他就想等着，陪她吃个早饭。然后，他问我："金鼎轩是24小时营业的吗？"我说是。我不知道他将要落地的爱人，是否知道他所做的这一切，又会做何评价。他说夜里12点过后，自己就到长安街上去溜达。我说你怎么不回去睡觉，他说："怕醒晚了。"从更高的地方看下去，一个他，影子黑且扁，等待着爱人，这真让人觉得，有希望。

曾经打动过我的那个人，因为我想吃凉拌海蜇，第二天见我的时候，就端出来一份亲手做的凉拌海蜇，还说："不知道海蜇需要泡，买回来后，问了做法，就用水泡着，隔一会儿就过去看看。"我认真地吃了这份海蜇，那也让我觉得有希望。海蜇咬起来"咯吱咯吱"的，分外有劲儿，那是我很难忘记的一种味道。多年以后，我总是记得这份海蜇，还有那个隔一会儿就去看看海蜇有没有泡发的人，想起她小心翼翼打开捆住的碗，或者用手稍微碰碰的样子，海蜇莹莹，水很清澈。我想那个时候的那个人，等待海蜇和等待着我，都是幸福的，也是爱我的。

我也做过这样的事情，早上很困的时候爬起来，那是冬天，我把狗也叫醒了，然后蹑手蹑脚地用豆浆机磨豆浆，然后去遛狗。回来的时候，我把豆浆倒出来，热气呼了一眼镜，再叫爱人起床。中途冻得哆嗦着，豆浆也还没打好时，我就站在厨房里等着，看着那个提示完成的灯熄灭，像期待着一个新生儿一样。我不觉得困，也不觉得烦，我甚至对早晨洗豆子、做豆浆分外期待，洗豆浆机都能洗得很有节奏感，感情激发了我身体里的某一部分。

这些都是力所能及的事情，而且，我也承认，在爱里使劲儿表现也是一种需求。这不算什么。我的一个朋友讨厌一切带毛的东西，讨厌的程度是家里人连件裘皮大衣都没有，可他女朋友就是爱狗，这样的相爱让他必须接受身上有毛的狗和身上粘有狗毛的女朋友。有一天，我看到他带着狗出来遛弯儿，目光淡定从容，他笑笑说："这有什么办法！"他还顺手把狗身上粘的树叶摘下去。所以，我的意思是，他为她做一些他之前很排斥的事情，也是一种使劲儿的表现。

当然，这是一种本能，你不为这个人妥协的事儿，不一定对另一个人不可以，所以这本身就是一个标准，你可以以此判定这个人有多爱你。

第二日，我八卦地去问那个等爱人吃饭的朋友吃得怎么样，他说："困死了。"然后，他给我发了一个黑眼圈的表情。浪漫和使劲儿的代价是比较辛苦，但这就是很好的存在感。

（图/木木）

同病相怜不是爱

□吴若权

如果曾经有过被抛弃的经验，通常感受都很不好。尤其在自己觉得根本没有做错什么事情的情况下，更会有一种"无故就被抛弃，对方很没良心"的感觉，因此留下难以疗愈的伤痕。

比这个更惨的是，如果连续几次恋爱，都是对方主动提出分手，即使是经过双方协议，同意好聚好散，但因为自己并没有觉得到了"非分不可"的地步，而是在对方的软式逼迫下，为了维持风度而同意结束感情，那种连续"被抛弃"的负面感受，就会因此深植于心。

于是，下次再碰到心动的对象，基于多次"一朝被蛇咬，十年怕井绳"的恐惧感，在让自己陷入情网之前，会很想问对方"你之前的分手经验，是对方主动提出的还是你主动提出的"这个傻问题。

如果对方也很傻地给了以下的答案，"我都是被抛弃的那一方"，两个人就会一起傻傻地生起同病相怜的悲悯，甚至因此而决定要在一起。

套用"吸引力法则"的原理，这是比较负面的磁场，两个经常被抛弃的人，心中怀着无比的怨念，因此吸引彼此靠近。

抱着"同是天涯沦落人，相逢何必曾相识"的情怀，很容易产生盲目的好感。仿佛是把双方的信任基础，建立于"他也曾经有过多次被抛弃的经验，应该会知道那种痛苦，可能比较懂得珍惜，不会轻易背叛我"的假设上。

或许，这样的假设并不为过，很可能也有几分道理。但是，爱情的美好，应该建立于彼此的赏识之上，而不是同情。

从同情开始的爱情，常因为缺少自信，而衍生很多的委屈。

即使还是愿意相守在一起，但就是不容易获得真正的快乐。

同病相怜的爱，藏着尚未疗愈的病态。不如先回来把创伤处理好，再开始重新去爱。

（图/木木）

啜菽饮水尽其欢

□流 沙

豆有超强的生命力，给点儿土，给点儿水，再给点儿阳光，它就会疯长给你看。它不怕杂草，也不怕虫害。

大豆其实并不大，小小的、圆圆的。如果你看过潘长江的电影《举起手来》，里面有两个老太太撒在地上，让鬼子四脚朝天的那个玩意就是它。大豆不大，但为何称之为大豆，令人费思量。

大豆在古时还有一个文绉绉的名字——菽，为五谷杂粮之首。以前不懂"菽水之欢"是什么意思，但如果知道菽为何物，便可意会"菽水之欢"的词意了。

《礼记》中这样表述："啜菽饮水尽其欢，斯之谓孝。""菽水之欢"其实是为父母奉上普通食物，让其欢乐的意思。"菽水之欢"真是一个非常有生活味的成语。

大豆的用途多得让人叹为观止。这世界上卖豆子的人应该是最快乐的，因为他们永远不必担心豆子卖不出去。

卖豆人在豆子卖不出去的时候，可以拿回家，磨成豆浆，向人兜售；如果豆浆卖不成功，可以制成豆腐；豆腐卖不成功，变硬了，姑且当作老豆腐来卖；而老豆腐卖不出去的话，那么就把它腌起来，变成腐乳。

第二种选择是，如果卖豆人把卖不出去的豆子拿回家，加入水让它发芽，那么几天后，卖豆人可以卖豆芽；豆芽如果卖不动，那么干脆让它长大些，卖豆苗；而豆苗如果卖不动，再让它长大些，移植到花盆里，当作盆景来卖；如果盆景卖不出去，那么就再次移植到泥土里，让它生长，几个月后，它结了许多新豆子。你想象那是多么划算的一件事，一颗豆子可以变成上百粒豆子。

人生在世，不如意之事十有八九，有些人的际遇如同那位卖豆人手中的豆子。一颗豆子在遭遇冷落的时候，都有无数种精彩选择，那么一个人呢？至少应该比一颗豆子更坚强吧？

这是大豆带给人们的启迪。

（图/麦小片）

到别处去

□孙 欣

想象假期是工作间隙里大脑休息的最佳方式之一。只是打开地图,浏览一下目标城市的空间或比较一下机票旅馆的价格,就好像闻到了度假的空气。度假要到别处去,这是一种不需要理由的认定。反而是留下来,留在家里,才需要解释,需要自辩。也许是因为家每天都在那里,每天都一样,每天都等着自己开门,换鞋,换上软和宽松的衣服,往沙发里一下沉下去。别处则样样不同:从公交车的涂装到人行道地砖的花样,从面条的粗细到街猫的身材。到别处去转一圈,其实是让人更好地认识自己的日常生活。即使是阿Q,也会主动地对煎鱼该加切细的葱丝还是半寸长的葱叶做出识别与分辨,需要时便是论争的武器。

大多数人都在度假时想要去别处,包括那些自小生活在旅游胜地的人。英国人最喜欢的度假地是西班牙,因此5月和8月的公众假期,英国人会一下挤满西班牙的城市和海滩。在街上走半天,听见的净是英语。英国人会把家庭聚会或者告别单身的狂欢派对都搬去西班牙,狂呼痛饮,我的西班牙同事打算与众不同一下,在公众假期选择去都柏林。回来以后我问她都柏林怎么样,她说:"玩得很愉快,对城市印象很好,都柏林的吉尼斯啤酒比别处的都好喝。美中不足的是大街小巷都是西班牙人。"

游客在本地人的眼中,就是日常生活的一部分,所以并没有特别的美好或丑陋可言。他们的天南地北的服装,形形色色的礼仪,长枪短炮的相机,跟古老教堂和博物馆一样,都是居住地的构成要素。

(图/木木)

精华

□尤 今

这间毫不起眼的小店，坐落于缅甸南部的城市毛淡棉。

此刻，板门半开，早晨的阳光淡淡地照在地上。我坐在狭小局促的面店里，看那年过六旬的华籍老人以手工作业的方式揉制面条。只见他慢条斯理地把鸡蛋一只一只地敲开，和面粉混合在一起，再加入苏打粉、盐巴，然后，专心一致地揉了起来，抓、拿、捏、放，一个动作紧接着另一个，力道如波涛，层层相推，揉得十分起劲。揉呀揉的，那原本奄奄一息、蠢蠢笨笨的面团，慢慢地醒了、活了。它有了弹性、有了生命，熠熠地闪着亮亮的光泽。那人在面团里加入发酵粉，又重新揉了约莫二十分钟，搁置一旁，让面团生出属于自己的"灵魂"后，才把面团塞进搅面机里，搅出一条一条细细长长、有韧性、有弹性的面条来。

那面，艳艳的黄色，触手凉凉的、柔柔的，千丝万缕，皆是风情。

老人每天只揉八斤面，现揉现卖。

每斤面团可以揉出大约二十五碗面条，换言之，他的面店，每天限卖两百碗面。售完，关店，休息，严格采取"宁缺毋滥"的营业方式。

他语带感触地说："有些制作蛋面的，为了节省成本，每斤面只放寥寥几枚鸡蛋，然后，掺入大量的水分；结果呢，做出来的面条，质粗、味淡，拿在手上，硬硬的，不像面条，倒像木签。"

老人每斤面都下足十五枚鸡蛋，全不掺水。为了确保鸡蛋的新鲜，他还亲自向鸡农购买鸡蛋。

不是夸张，我这一生，实在没有尝过比这更好的面条了。它柔软而不糜烂、有咬劲而不坚实；由面条溢出来的蛋味，把整碗汤都染得异香扑鼻。这面，其实是老人以毕生的爱铸造出来的精华。

让我难忘的，其实也不是那面的味道，而是包裹在面条里那"敬业乐业"的精神。

（图/小栗子）

看电影，你会选座吗

□杜 敏

在中国电影院线发展才十余年的今天，全国各地拔地而起的新式院线层出不穷，人们看到的是经过包装、品牌化的影厅设计，除去不同的装修、设计、设备，不同院线影厅座位的设置也各有不同。总的来说，当观众走进某影院的影厅，如果该厅的座位每一行都能清楚地看到椅背；椅凳非折叠而是平铺型的，并且需要走上台阶进入自己所在选位区；能宽松就座，不论是否有人出入都不用起身，那么他所在的影厅就是一家档次级别还不错的影院。在一家正规电影院，座位的排列与所占的位置其实还包含了诸多不为人注意的玄机。

在座位的选择上，观众的心态基本相同。即都以影厅正中间、每行的正中座位为最优先选择。其实，正确的位置，应该是影厅的中间靠后。比如一个影厅有10排座位，则6~8排为最好的座位。20排座，则13~16排为最佳。太靠前会感觉银幕变形，且容易造成视觉疲劳；太靠后光线有些暗，音响效果也会减弱。如果是3D影片则选择靠后的座位为最佳，即如有10排，9、10排是最佳位置。

同一排的座位，是否也是选择中间的位置更好？有微博表示，中间排的中间位置并不是看电影的最佳座位。"电影强烈的亮光照在银幕上时，会产生反射，使光线逆向回射进眼睛。这种长时间的强烈反光照射，会使两眼酸疼、视力下降，久之会引发眼部疾病。中间偏旁的位置，即中间偏离垂直线60度左右是最佳位置。"

其实，除了正中光反射容易引起视觉疲劳外，还因为在影厅正中偏一点儿的位置，音效是最好的，3D影片更是如此。如果单就音效来说，影厅中间两侧的位置也是不错的选择。当然，也有些设计较好的影院，坐哪儿都相差无几，比如座位下有独立音响，双放映机甚至多放映机播放。只凭爱好选择就好。

（图/陈明贵）

人缘

□林燕妮

做人不黑心、不爱占人便宜、不常常去麻烦人家，那么人缘便好了。

人缘好并不需要好的口才，也不需要乖巧，亦不需要满脸笑容，那些都是表面的讨好功夫而已，日子久了便不灵。有些同事和朋友，话既不多，又不会见风使舵，笑容亦没有大赠送，人缘却硬是好。无他，日久见人心，大家都领会到他们的诚恳：良心好，肯助人而不爱麻烦人，虽然并不口齿伶俐，一样为友人所倾心喜爱。

有些人，良心是好了，却太过以自我为中心。开口闭口说的都是他个人的问题，他不开心便要全人类都天愁地惨，食不下咽；他开心时便要全人类都聆听他开心的前因后果，不管你刚死了条心爱的狗，正在伤心，他也要你陪他开心。这种人，是肯帮助朋友的，不过单是应酬他的喜怒哀乐，也十分费时间，所以这种人的人缘不算顶好，也不出奇。

亦有些人，本来没什么，偏就是贪心，爱占小便宜，老是有免费饭便自跟着去吃，不用邀请；看上了人家的小玩意便暗示想要，其实他要了也未必有用，朋友给了他亦未必有损失，只不过人家心里不舒服，不高兴"奉旨"有饭必要带他去吃、他看上的东西必定要给他而已，正如有位朋友说："一切都像奉了旨似的便没意思了。"朋友车马轻裘与共，本是件温馨的事，但那要对方自动表示非与你分享不可才行。你若暗示要却大大失了共享的味道，贪便宜的人自然人缘不佳。

短线来说，乖巧的人人缘好，不过长线来说，没东西胜得过良心好、诚恳、不自私、不贪便宜和不以自我为中心。每个人心里都有数，都知道谁会是长线的真朋友。有些人表面冷漠，常被人误会是骄傲，其实他们是择友太认真了，对友谊也太理想化了一点儿，除非不相交，相交必相知，有点儿执着，又有点儿害羞而已，心倒是一样热的。

(图/木木)

俩瞌睡虫

□陆布衣

明朝谢肇淛的笔记《五杂俎》卷七，转摘了张东海《睡丞记》一文，里面有俩瞌睡虫，让人笑坏肚皮。

某华亭丞拜见某乡绅，见他没出来，就在座位上等，一会儿就酣睡了。主人来了，见客人在睡，不忍心惊动他，就在客人对座的位置上坐着等，一会儿也睡过去了。

不知过了多久，华亭丞醒了，看见主人在熟睡，不好意思叫醒，于是接着睡。又不知过了多久，主人醒了，见客人还在睡，也不好意思叫醒，也再接着睡。

等到华亭丞再醒来，已经傍晚，他一看，主人还在熟睡，还是改日再来拜访吧，于是悄悄离开。等天完全黑下来，主人才醒来，不见了客人，也不问什么原因，就回到屋里去了。

陆游有诗说："相对蒲团睡味长，主人与客两相忘。须臾客去主人觉，一半西窗无夕阳。"

上面俩瞌睡虫，坐的虽然不是蒲团，场景却相像，喜剧感极强。

瞌睡场景，还让人联想很多。

多礼节：等候的情节，客人和主人，都有非常高的修养，都不忍心打搅对方的好梦。正常的情节是，客人可以睡着等，主人来了，喊醒，作个揖抱歉下就行了。或者，再退一步，主人睡着等，客人醒来，喊醒主人，作个揖抱歉下也行了。但他们偏偏不，一直你等我等，似乎在等梦里相见。

慢生活：烦躁的时代，一定不会有这样温馨的场面，客人可能有急事，但他内心不急，主人也有很多事要处理，但他内心同样不急，今天的事今天一定要办好吗？明天照样可以办，也许，明天办要比今天办更好。

当然，坐下来就能睡觉，取决于客人和主人的身体机能，挨着枕头就睡着，不，没枕头他们也睡得着。能这样肆无忌惮地睡觉，实在是件无比幸福的事。

（图/孙小片）

不能久

□周云龙

头昏脑涨，去医院看医生，医生看我脸色，而后按我颈椎，说，不要久坐，坐也注意姿势，适当仰视。

腿脚偶感麻木不适，医院骨科的同学说，可能是腰椎的问题，注意不要久坐，多走多动多游泳。

"久"是多久？

同事做了髋关节置换手术，听他病情描述，顿时觉得自己的髋部也有不适，以前居然没怎么注意。爱人质疑，你是受了心理暗示吧？日复一日，髋部依然感到隐隐不适。核磁共振，CT，结果显示，囊肿退变，差点儿当作肿瘤，收院手术。最后，医生给出建议：不要负重，走路也要适度。——不要久走？

前段时间，左侧坐骨神经痛发作。医生听了陈述，一连蹦出三个"不要久"：不要久坐，不要久站，不要久弯。

幼年在学校里读书时，调皮捣蛋，上课不是随便插话就是交头接耳，坐立不安的状态，经常遭到老师严厉批评：怎么老坐不住？骄、躁，就是不能淡定，不能持久也。而现在，医院里来一次，就被耳提面命一次：不要久……不要久……

事实上，人到了一个特定年龄段时，也都会面临一样的尴尬：不能久看，不能久喝，不能久玩，不能久躺……人生已经半程，一切都不宜太久了。而"不要久……"的提醒或自警，只是为了可以活得或是有质量地活得"久"一点儿。

可"久"能多久？

生年不满百，哪有多长久！有网友将不同年龄的人生余额转换成一张手机剩余电量的图表，一目了然，触目惊心。余额不多的人生，犹如电量不足的手机，令人产生危机和警觉：不能再把有限的时间耗费在无谓的人和事上——人生的真相是，不是"不要久""不能久"，而是"不会久"。

（图/熊LALA）

围棋五得

□金 庸

日本棋院中挂有一个条幅，写着"围棋有五得：得好友，得人和，得教训，得心悟，得天寿"。

"得好友"和"得人和"，凡是喜欢下围棋的人都有这样的经验。楸枰相对，几个钟头一句话不说也能心意相通，友谊自然而然地建立起来。有几位日本朋友，我和他们根本言语不通，只能用汉字笔谈，却也因下棋而成为朋友。

围棋公平至极，没有半点欺骗取巧的机会，只要有半分不诚实，立刻就会被发觉，可以说，每一局棋都是在不知不觉地进行一次道德训练。

围棋是严谨的思想锻炼、推理锻炼。现代医学保健的理论很注重心理卫生，注重保持头脑的功能，因为人身一切器官内脏的运作，都是靠头脑指挥的。有些人年纪老后，体力衰退，但头脑仍然健全，往往可以得享高寿。那便是下围棋可"得天寿"的理论根据。我国当代著名棋手王子晏、金亚贤、过旭初等人都年寿甚高，足为明证。当然，不断运用脑筋也不一定寿命长，还有其他许多因素。

"得教训"与"得心悟"是最难了解的了，尤其"得心悟"，当是"五得"的精义。唐玄宗时期的围棋国手王积薪传下来"围棋十诀"，至今许多棋书仍然印在封面上，公认为是围棋原则的典范。十诀的第一诀是"不得贪胜"。下棋是为了争胜负，不求胜，又下什么棋？但过分求胜而近于贪，往往便会落败。这不但是棋理，也是人生的哲理，似乎在经营企业甚至股票投机、黄金买卖中都用得着。既要求胜，又不贪胜，如果能掌握此中关键，棋力便会大大地提高一步。吴清源先生说，下棋要有"平常心"，即心平气和、不以为意，境界方高，下出来的棋境界也就高了。然我辈平常人又怎做得到？不过有此了解，虽不能至，时刻在念，庶几近焉。

(图/曹黑黑)

《儒林外史》的"吃播"

□蓬 山

看《儒林外史》，常常会觉得，吴敬梓要是活在现在，一定是个每顿饭都发朋友圈的超级大V。

随便一顿饭，他都要巨细无遗地"报菜名"："摆上酒来，九个盘子，一盘青菜花炒肉、一盘煎鲫鱼、一盘片粉拌鸡、一盘摊蛋、一盘葱炒虾、一盘瓜子、一盘人参果、一盘石榴米、一盘豆腐干。烫上滚热的封缸酒来……"这分明就是给一组微信九宫格图片配发文字说明。

全书几乎每一回，都有类似的"吃播"。有时是干果小食："和尚捧出茶盘：云片糕、红枣，和些瓜子、豆腐干、栗子、杂色糖，摆了两桌。"有时是无肉不欢："每桌摆上八九个碗，乃是猪头肉、公鸡、鲤鱼、肚、肺、肝、肠之类。"连张爱玲都说："从前相府老太太看《儒林外史》，就看个吃。"

其实，吴敬梓这种"记账体"，并非是处女座性格或者强迫症发作，而是蕴含一种自我慰藉。他年轻时过着阔少生活，父亲去世时还留下数万两银子。怎奈大手大脚惯了，又不善经营，几年间将万贯家财挥霍一空，时常"囊无一钱守，腹作千雷鸣"。而早年间那些美食的香味，却在鼻子底下挥之不去，时不时要来"勾引"他一番，也就自然地弥散在纸上了。舌头尝不到，就借笔头过过瘾。

曹雪芹的"满纸荒唐言"当中的美食更加活色生香，源自与吴敬梓近似的人生经历。只不过，《红楼梦》费的笔墨多很多，戏份更重。就像王熙凤给刘姥姥介绍"茄鲞"的那一段，简直就是"美女网红厨师"做直播的画风。

清末民初，许多破落的八旗子弟，没钱提笼架鸟，只好靠拉洋车为生。但派头不能丢。歇脚时，总喜欢停在全聚德门口，一边闻着飘出来的烤鸭味儿，一边吹嘘自己当年阔气的时候吃烤鸭子的盛况，说得口水直流，也就算解馋了。

(图/李倩莹)

馋妇看雪

□安 宁

一则名叫《馋妇看雪》的故事实则有趣，说一妇人嘴馋，说话总不离食物。一日，天降大雪，男人使之到外面看下雪没有，妇人一看，说外面飞飞扬扬，落下一天重罗（细罗筛）白面。不多时，又使之看下了多厚，妇人看曰："有薄脆那么厚。"不多时，又使之看，妇人曰："有双麻儿那么厚。"良久，又使之看，说有烧饼那么厚。又使之看，说有蒸饼那么厚。男人大怒，正在烤火，拿火筷就打，妇人诉曰："我说的是好话，也犯不着拿铁麻花打我，打得嘴好像发面包子一般。"

好吃的女人，如果遇到一个懂她，又恰好愿意为她做饭的男人，那才是此生一大福，这福气比得过万贯家财，或者世袭爵位，是米粥或者葱花日日嵌入身体里的营养和温暖。如果不幸，逢着一个懒惰暴躁，看她的好吃百般不顺眼的男人，除非她是个好脾气，任由男人责骂，否则，非得闹到离婚不可。

仔细分析起来，但凡好吃的女人，都有一股子童心。她的身体里，有一座城堡，里面储藏世间所有好吃的东西，未必是山珍海味，而是带着烟火气的烧饼、麻花，或者包子。她天生跟这些接着地气的食物有缘，犹如生长于乡下院子里的葡萄，在夏夜里，闪烁着质朴家常的光泽。

所以，好吃的女人好养活，并不是没有根据，她不贪恋虚荣，不爱慕华衣美服，不跟人计较争夺，不逼着男人为了官职而不择手段，她只满足于离心最近的肠胃的舒适。她热爱一日三餐，愿意为此花费心思，哪怕只是蒸一笼馒头，也要在馒头上点一个可爱的红点，让其看上去为单调的日子平添几分喜庆。

《馋妇看雪》里的女人，连平日里说话都用食物来做比喻，倒也为日常生活增加一些小风趣，如果她的爱人能够理解这种傻乎乎的幽默的话。

(图/李倩莹)

轮回

□黄竞天

母亲来香港的时候带了一只半人高的行李箱,里面装得满满的,重得我都提不起来。里面除了一小包日常用品,其他的都是我爱吃的东西。

"带这些东西来干吗?"我看着那些豆腐干和小点心说,"这里什么东西都有,你这么大老远背过来累不累啊?"

"你不是常常说这里的菜分量少,吃不惯吗?"她一边看着我的脸色,一边将那些我为了减肥早已不碰的小零食塞进我的包里,"怎么了,这些不都是你爱吃的吗?"

"哎哎,少放点儿,够了,够了。"我心疼地看着上个月新买的皮包被撑得变了形,又舍不得打断她。

几天过去,她要走了,拿着那张小小的机票走向了安检的那道门。走到一半,她突然转过头来,对着我招招手。

"怎么了?"我问她。

"没什么,就是想起那年我把你送出去上学,我就站在你的位置上。而现在,我们俩反过来了。"她笑着说。

我也笑了。

"好了,我走了,你回去小心点儿。"她又向我招了招手,径直走进了安检的那道门里面,然后很快消失在人群里。

我的笑容还在那里,可是眼泪却一下子落了下来。

年纪大了,我开始慢慢地懂得,这个世界上的感情以及大多数的缘分都是一种轮回。

她用温柔和爱护陪伴我成长,我用搀扶和帮助陪伴她老去。我们相互见证,分离而又重聚,不断地重复着那些事。原来她为我做过的,现在我为她做。

这种轮回的意义就在于,无论我的身和心飘得有多远,我都知道在这个世界上有一个地方,母亲就站在那里笑脸盈盈地凝望着我。

(图/木木)

被拔高的羊

□ 胡明宝

羊村里一只公羊在狼的一次袭击中，利用智慧成功地将狼击退，保全了所有的羊，因此，它被羊村全体成员公推为英雄。

成了英雄的羊，被各地羊村请去做巡回演讲，讲述自己智斗狼群的经历和防狼秘籍。

所到之处，英雄羊得到了无数的鲜花和掌声。

英雄羊的本领被不断地拔高，神化，简直成了羊群中威猛无比、百战百胜、让狼闻风丧胆的神。

有一天，羊村的两只小羊外出吃草的时候，迷失在草原深处，被狼群追逐，两只小羊发出紧急求救信号，请求羊村立刻派员为它们解围。

羊村村长接到求救信号，想都没想就找来英雄羊，说："能担此急难险重任务的，非你莫属，你可不能推却。"

英雄羊心底一阵发虚，它明白上次自己不过利用熟悉羊村地形的优势，和孤狼迂回，最终让恶狼跌进陷阱，才保住一命的。而这次是在几十里外的茫茫草原上，地形生疏，自己势单力孤，鏖战群狼岂不是白白送死，更遑论救出小羊！

看到英雄羊犹豫不决，村长和其他村中长老，有的拉长了脸，有的苦口婆心，有的冷言激将，有的鄙夷指责，更有被困小羊的父母，声泪俱下，哀求不已……

英雄羊暗暗长叹一声，不拼个鱼死网破，看来是难以面对全村父老了。怪只怪咱是英雄啊，岂能因此懦弱不前，坏了一世英名！

英雄羊喝完壮行酒，立刻奔向几十里外的茫茫草原。

以后的事，大家很快明白了。英雄羊不但没能拯救小羊，反而把自己的命也搭了进去。

英雄羊，不能示弱的羊，正死于不能示弱之弱啊！

（图／曹黑黑）

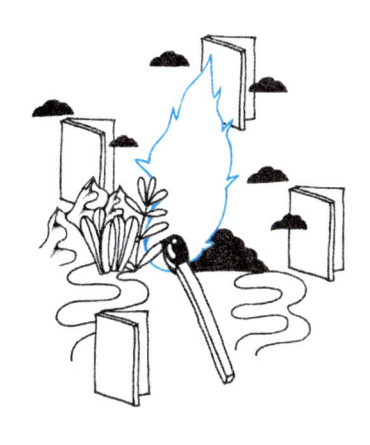

人生两道门

□王留强

在我所住小区的侧向，并排有两家超市，都有前后门，前门通着大街，后门连着小区，小区居民方便了购物，也方便了出行。久而久之，超市的前后门成了居民出入的通道，到了上下班时间，超市人来人往，摩肩接踵。特别是到了下雨天，居民携带雨衣雨伞一拥而入躲雨，搞得超市过道湿淋淋一片。左老板对出入超市的居民总是笑脸相迎，热情不减。右老板初始毫无表情，后来竟一脸僵硬，厌恶之情赫然在目。居民都是眼神极好的主儿，冷热辛甘内心自知，谁也不愿因走个近道受人白眼，很快大家就习惯了只走左边的超市，而右家的超市很少有人问津了。

人们在超市来往穿梭多了，有时会随手买些生活必需品。一日雨后，我对左老板说："谢谢你给大家提供了通道，要不我们绕路得淋好多雨呢！"左老板说："应该是我感谢你们，看得起我才从这里走，正因为你们都从我这里走，我的店才可以勉强维持一家人的生活开销。"

我注意观察了一下，一进一出之间，居民们虽然没怎么买东西，但给外人的直觉是这家店生意特别好，要不然为什么每天都有这么多人进进出出呢？我进而联想到近年来很多商家在饭店或者宾馆大厅都设有书架，让顾客免费阅读；有的小店 Wi-Fi 不设任何密码，特意为过路的客人提供免费上网服务——这种经商之道真是英雄所见略同，有异曲同工之妙。

过了几个月，人们预想的结果终于变成了现实，右边那家超市关门大吉。而故事里的我们，看似身在局中，其实仍置身局外。如果某一天，我是那位右老板又该怎么做呢？我也会那么目光短浅，只盯着路人的钱包吗？

道路四通八达，方便都是相互的。为别人考虑，其实就是为自己考虑。为别人留条出路，其实就是为自己留条出路。

（图/曹黑黑）

吃相

□青 丝

我有一位年纪已经不小了的女性朋友，平时举止很文雅，颇具淑女风范，但是只要跟熟人吃饭，吃到高兴时，她就会蹲在凳子上，与之前判若两人。用她的话说，这样才吃得香。

如果从纯生理角度看，人的吃相越贪越馋越狼狈，是胃口越好、吃得越开心的体现，是一种很令人称羡的状态。网上爆红的一岁半小孩直播吃饭，不就是一大帮没有胃口的人，想要从他人的饕餮吃相里寻找吃东西的快感吗？但根据马斯洛的需求层次理论，人随着年龄增长，会从第一层的简单饥渴需求，发展到第四层的尊重需求。所以吃相这种文明规范，就像武林绝学乾坤大挪移，练的层次越高，人就越不敢放肆。对此早有预见的弗洛伊德，就曾痛心疾首地表示，人类部分快乐的丧失，是为了文明必须付出的代价。

戊戌变法后，光绪几近被废，慈禧想要另立新帝。她有一次赐光绪食汤圆，吃完又赐，接连数次。光绪迫于她的淫威，不敢反抗，吃到再也吃不下，只得把汤圆暗藏在衣袖里，搞得全身都是汤汁。皇帝都无法周全吃相，普通人想要通过吃相恰如其分地表现教养，是很难的。早年香港把张爱玲的《半生缘》拍成电影，作家王安忆就极力夸赞由黎明饰演的富家公子妥帖到位。原因是黎明的吃相，很符合那种出身的派头，"包含了大家庭教养的安静气质，还有一种寂寞的心境"。

有时候，我很同情那些每天生活在镁光灯下的明星，即使美食当前，也要压抑着内心的欲望，不断提醒自己，害怕出丑。只能按照固定的模式活着，就像王尔德说的，成为对他人生活的抄袭。虽然私下里，明星也未必没有吃完了炸鸡吮手指头的行为。所以，就像共做坏事的人特别易于结成同盟一样，若有人肯展示自己本我状态下的吃相，也是衡量友谊深浅的方式之一。

（图／木木）

要想当爷得先当孙子

□冯 仑

美丽的蝴蝶被人关注，是因为熬过了黑暗的独处。说伟大是熬过来的，还包括你必须熬过自己不为人重视的阶段。

从在中央党校任教开始，到现在做万通公司，我经历了一个很大的变化，由原来把自己当成个东西，变成最后不把自己当个东西。我上学的时候，22岁读硕士，24岁毕业，25岁进机关当讲师，一路都很顺利。那个时候在中央机关虽然是"庙大神小"，但哪怕你是办事员，只要是中央机关的，到地方都会有好多人捧你，感觉像个爷。后来做生意整个倒过来了，即使是再小的客户，我们都得好好为人家服务，感觉像孙子。我们一群朋友聚在一块儿经常开玩笑，我问爷好、爹好还是孙子好，所有人都说爷好，我说爷是从孙子来的，要想当爷得先当孙子。

就拿求人这件事来说，用爷的范儿求人肯定没戏，就得用孙子的卑微。当然，中国的知识分子一般来说对这事特有抵触心理，觉得特别扭，我也是。但我有科学的观察角度，经常把自己当演员也当观众，有时候站在观众的角度看就不那么别扭了。求人是非常考验和摧残你自信心的一件事，甚至有时候让你把自尊扔地下。人有三个不舒服的姿势：趴着、蹲着、跪着，这三种姿势都可能会遇到，在创业的时候想站着很难，更多的时候是趴着，这是我心态上最大的挑战。现在我有时候说话特别直率，我觉得特别有劲，男人办事要到位，就要干净利索爽脆，不要搞得复杂，云里雾里半天不知所云。

人生就像手风琴，要先被生活和环境压缩到零，再从零舒展起来，才能奏出动听的旋律。

（图/小栗子）

不是不爱，只是不耐

□ 吴淡如

我曾经问一位和母亲水火不容的青少年："为什么你感觉你妈不在乎你？"

他说："我讲话，她都不听，她都说她的，她对我很不耐烦。"

明明他的单亲妈妈，为了争取他的监护权，做了很大的努力，自己为生活打拼也很卖力，任何人都可以看得出来，妈妈非常爱他，为了他吃什么苦都可以，然而，他只看到眼前一个"不耐烦"的妈妈。

不耐烦，最会吞噬爱。

"你明明很爱他，为什么要用不耐烦把他从身边推开？"我问他的母亲。

"我哪有？"这位母亲并不承认，"我只是忙，我蜡烛两头烧，所以急！"

不能和颜悦色，就是不耐烦了。

孩子对于不耐烦很敏感。记得某次我正急着处理什么事，我的幼女却不厌其烦地拿一个玩具，第十次来缠我："妈妈弄这个，弄这个……"

我从不曾出言骂她，但是此时压不住烦躁的我，情不自禁地发出"啧"的声音。

她马上变了脸色，把手上的东西丢在一旁，哭了。

当然，我跟她道歉了，也告诉自己不再犯。我深知不耐烦伤人之深，不是吗？特别是对自尊心很强的孩子。童年阴影，多数都来自父母的不耐烦啊。

那个"啧"，在小小的心灵中，听来是一句责骂，是一个拒绝。她不是真的不会弄，她只是来讨爱，而我竟给她不好的脸色看。

明明彼此是爱的，却用不耐烦对待着对方，破坏力好强。

要爱，就要耐得住烦。

(图/木木)

敢与不敢

□蒋骁飞

有一天，子路问孔子："您和我，谁比较适合带兵打仗？"孔子指着自己答："我适合。"子路反问道："您不是常说我很勇敢吗？"孔子说："可我不仅勇敢，还勇于不敢呀！"孔子的"勇于不敢"，就是人心中要有所敬畏，敬畏良心、敬畏天理、敬畏法度，不可越线。

南北朝时期，北齐有段时间由奸臣和士开独揽朝政。此人沉迷于声色犬马，众官员便投其所好，趁机为自己的子弟们谋求一官半职。在这样的风气之下，许多无才无德的官宦子弟得以在京城当官。但也有一个叫崔劼的大臣例外，他把两个儿子都派往外地任职。崔劼的弟弟愤怒地质问他："你的两个儿子如此杰出，为何不谋求让他们在京城担任要职，却要派往遥远的外地？"崔劼平静地说："当今的京城鱼龙混杂，我的两个儿子都是单纯求实之人，我可不敢把他们留在京城，即使留在京城恐怕也难有作为。倒不如让他们离开，到条件不好但很清静的地方施展自己的才华。"

几年后，和士开倒台并被诛杀，那些无才无德的官宦子弟有的被革职，有的被法办。但崔劼的两个儿子由于在外政绩卓著，得到了朝廷的重用。

《道德经》第七十三章曰："勇于敢则杀，勇于不敢则活"。意思是：一个人无所顾忌，则充满凶险；有所顾忌，则稳妥灵活。

(图/朱少伟)

爱和野心从来碰不到一起

□［印度］奥 修 译／谦达那

在你试图成为重要人物的时候，你无法爱。一个野心勃勃的头脑无法爱，因为他首先必须实现他的野心。他必须为此牺牲一切，他将继续牺牲他的爱。你看那些充满野心的人——如果他们在追求金钱，他们总是要推迟爱。明天，当他们囤积了一大笔金钱的时候，然后他们才会坠入情网；现在是不可能的，这在任何方面都是不实际的；现在他们承担不起。爱是一种放松，而他们正追求某样东西——一个目标。也许是金钱，也许是权力、声望。他们现在怎么可能爱呢？他们无法处在此时此地——而爱是一种此时此地的现象。爱只存在于当下，野心存在于未来；爱和野心从来碰不到一起。

你不能爱。而如果你不能爱的话，你怎么可能被别人爱呢？爱是两个准备好在一起的人、准备好全部投入当下而忘记所有过去和未来的人的深深的沟通——在当下，而不是明天；爱是忘记过去和未来，只记住当下——这个颤动的时刻、这个活生生的时刻。爱是当下的真实。

有野心的头脑不在这里，他总是在跑。你怎么能爱一个奔跑的人呢？他总是在比赛当中、总是在竞争当中；他没有时间。或者他认为在未来的什么地方，当目标达到以后，当他获得他所寻求的权力、他所渴望的财富以后，他就放松下来，开始爱。这种情况是不会发生的，因为目标永远达不到。

野心永远不会满足，满足不是它的本性。你可以满足一个野心，马上就有另外一千个野心从里面生出来，野心从来不会停止。如果你听懂我的话，如果你理解了，它就能够马上停止。但是如果你给它提供能量，你怎么可能爱呢？所以，那些试图成为重要人物的人才会这么烦恼——他们烦恼，因为他们没有得到爱；他们烦恼，因为他们无法去爱。

（图／木木）

不是芝麻小事

□林清玄

住在美国的朋友谈到有一次他在纽约请客,一位犹太人对他佩服得五体投地,只差没拜他为师。朋友不免为自己的手艺感到得意,问犹太人:"你觉得我哪一道菜做得最好?"

犹太人说:"呀!你实在了不起。我们犹太人吃蒜头都吃了几千年,都是用手剥或者用刀切,而你只是用菜刀拍了两下,蒜头就跑出来了。"

朋友说,从那以后他对中国文化就大有信心。

其实不只是蒜头,我还听过芝麻饼的故事,说是有几个外国人去餐厅吃饭,点了份芝麻饼。外国人看到芝麻饼的时候大为惊叹:"这芝麻撒得密密麻麻、整齐有致,一定花了不少时间吧!"

确实,如果我们对事物有主体和客体之分,我们就很难有拿大饼来就小芝麻的创意了。

还有一次,我路过仁爱路的九如餐厅时发现门口围了一大群人,其中有一些是外国人,他们全都是一副大气不敢喘的样子。原来,他们在看餐厅的师傅"摇元宵"——把一团团豆泥放在装有糯米粉的大箩上摇来摇去。不到半盏茶的工夫,数十粒元宵就摇成了,每一粒元宵的大小都一样,每一粒元宵都是那么圆。"摇元宵"看起来真的很神奇,怪不得大家都目瞪口呆。

文化的奥秘有时会存在于细微之处,比如从怎样剥一颗蒜头、沾一粒芝麻、摇一个元宵就能看出其细腻的一面。不只是文化,一个人做的任何芝麻绿豆、鸡毛蒜皮的小事都能表现他的品质,这是佛家说的"三千威仪"与"八万细行"应该并重的原因。

芝麻、蒜头和元宵真的都不小呢!

(图/鹿川)

三生有幸

□佚 名

宋人苏东坡有《僧圆泽传》，讲的是唐朝的故事。

圆泽是位得道的禅师，住持惠林寺，有俗家朋友姓李名源。二人知心知音，知交至深。一日，二人相约去参拜青城山、峨眉山，却在路线问题上发生了分歧。圆泽希望走陆路，取道长安斜谷入川，李源却坚持从湖北沿江而上。或因早年李源捐家产改建惠林寺，二人有约定，意见一致，则唯圆泽是听，意见不一致，悉由李源定夺。所以最终决定买舟入川。圆泽自知后果，叹道："行止固不由人。"

船到南浦。扁舟泊岸。河边有位身着花缎衣裤的妇人正在取水。圆泽当时落泪，道出了不想走水路的原因，就是怕遇见这位妇人。他对李源说："那是我下一辈子的亲娘，她姓王。我得走了，给她做儿子去了。3天后你来王家看我，我会对你一笑作为证明。再过13年的中秋夜，请你到杭州天竺寺外，我一定来与你见面。"

李源将信将疑。到了黄昏，圆泽圆寂，王家的婴儿也呱呱落地。3天后李源去看婴儿，婴儿果然微笑。李源回到惠林寺，寺里的小和尚说圆泽早已写好了遗嘱。13年后，李源如约从洛阳到杭州西湖去赴圆泽的约会，刚到寺门口，就看到一个牧童坐在牛背上唱着：

三生石上旧精魂，赏月吟风不要论。

惭愧情人远相访，此身虽异性常存。

虽然星移斗转，生死苍茫，李源也一世三生，参透典故，为后人留下了"三生有幸"的佳话。三生有幸，流传至今，成了中国老话儿。

（图/小栗子）

不许鸟儿筑巢的屋顶

□朱玺诺

民间管故宫的屋顶叫莺不落墙顶，据说是因为连鸟儿都忌惮皇家的威严而不敢落下。而现在依然如此，明亮的屋顶历经600年风雨，不要说鸟巢之类，连鸟粪都很少见到。这究竟是因为什么呢？

在故宫修建之时，明成祖看着旧宫殿的屋顶上面斑驳的鸟粪和鸟窝，觉得影响皇家威严，遂下令故宫不仅要气势恢宏，彰显出皇族的气势，另外也要干净美观，不能有污秽亵渎。

皇帝一张嘴，百姓跑断腿。负责修建故宫的工头蒯祥实在头痛：故宫占地面积巨大，房屋众多，园中花草树木繁多，必然会引来鸟儿，不让鸟儿在上面筑巢排便，这怎么可能呢？有一位能工巧匠昼夜琢磨，终于想出了妙计。他依据鸟类的指间距计算设计了墙脊，使之抓扣不住，还加大了坡度导致屋顶鸟儿根本无法站立。这样不但解决了鸟儿在上面筑巢的问题，还防止了有人躲在屋顶上行刺。同时，他还在屋顶装了造型奇特的镇瓦兽，一方面为了讨个吉祥，另一方面鸟儿害怕雕塑就跟害怕田里的稻草人一样。

那么如何让鸟儿不在上面排便呢？这也没难倒这位巧匠。经过考量，他选择了金黄色的琉璃瓦。金黄的颜色，再加上光滑的表面，白天太阳出来的时候，非常容易反光。很多鸟儿还没靠近就被光线刺到了眼睛。而且琉璃瓦非常光滑，雨水一冲，就算有鸟粪也被冲掉了。故宫里仅仅一个屋顶就设计得这么精妙，真不得不让人佩服古人的智慧。

(图/曹黑黑)

写活你

□ 尤 今

描写人，尤其是五官，最重要的是抓住他们脸上最突出的特征来写。

道理很简单，实行起来也不困难。

我把这个秘诀以灵活的教学方式传授给学生。

我叮嘱他们在教室里围成一个大大的圆圈，坐好后，暗暗选定一个自己所要描写的对象，默默地观察，找出他与别人最大的不同在哪儿，再借用一个生动的比喻，把这一特色"显现"出来。

我举了一些例子加以说明。

比如，写嘴唇薄的人，可以这么说："他的唇皮儿非常非常薄，合起来时，只看到一条短短的直线。"

学生们都觉得这项"游戏"很有趣味性，把笔杆当枪杆，悄悄地瞄准自己心目中的猎物，观察、研究、欣赏、思索，然后，振笔直书。有些性子活泼的，还边写边发出咯咯的笑声。

写毕以后，我叫他们轮流把写好的句子念出来，大家一起来猜到底写的是谁。

结果发现，学生们的想象力如天马行空，许多句子可爱得叫人惊叹：

"他有一张大口，牙齿崎岖不平。"

"她一笑起来，天上雷打电闪，地上死去的植物纷纷复活。"

"他的眉毛，淡淡的，好像忘了长出来。"

"她像是一座无人居住的岛，静得惊人。"

呵，谁能、谁敢说"孺子不可教"？

手表

□余秋雨

那时我十三岁，经常和同学们一起到上海的一个公园整理花草，每次都见到一对百岁夫妻。公园的阿姨告诉我们，这对夫妻没有子女，年轻时开过一家小小的手表店，后来就留下一盒瑞士手表养老。每隔几个月卖掉一块，作为生活费用。但他们万万没有想到，自己能活得那么老。

因此，我看到的这对老年夫妻，在与瑞士手表进行着一场奇怪的比赛。铮铮铮的手表声，究竟是对生命的许诺还是催促？我想，在万籁俱寂的深夜，这种声音很难听得下去。

可以想象，两位老人的眼神在这声音中每一次对接，都会产生一种嘲弄时间和嘲弄自己的微笑。

他们本来每天到公园小餐厅用一次餐，点两条小黄鱼，这在饥饿的年代很令人羡慕。但后来有一天，突然说只需一条了。阿姨悄悄对我们说："可能是剩下的瑞士手表已经不多。"

我很想看看老人戴什么手表，但他们谁也没戴，紧挽着的手腕空空荡荡。

这对百岁夫妻，显然包含着某种象征意义，十三岁的我还很难解读，却把两位老人的形象记住了。

随着慢慢长大，我会经常想起，但理解一次次不同。

过了十年，想起他们，我暗暗一笑，自语道：生命，就是与时间赛跑。

过了三十年，想起他们，又暗暗一笑，自语道：千万不要看着计时器来养老。

过了五十年，想起他们，还是暗暗一笑，自语道：别担心，妻子就是我的手表。当然，我也是妻子的手表。

（图／罗再武）

眉间尺

□李良旭

家里来了一个亲戚，母亲热情地招待着客人。我下班回家，看到是一个乡下人，脸上顿时露出不悦的神色。

母亲亲切地介绍说："这是你乡下侄子，你们还是第一次见面呢！"

侄子马上站起身，伸出手，想和我握手。我的视线避开了那只粗糙的手，假装没看见，一脸寡淡。侄子缩回手，拘谨地坐了下来，脸上讪讪地笑着。母亲赶忙打着圆场，岔开了话题，尴尬的气氛才缓和下来。

侄子走后，母亲严肃地问道："你看见了你乡下侄子，为什么不高兴？"

我慌乱地掩饰道："没有啊，您多疑了！"

母亲坚定地说道："不，你的眉间尺告诉了我，我可看得一清二楚！"

我疑惑地问："什么眉间尺？"

母亲用手指着自己的眉毛说："这眉宇间有把看不见的尺子，你的喜怒哀乐，全都在这眉间尺中表现出来了！"

我一惊，用手轻轻摩挲着自己的眉毛，眼前仿佛晃动着一把尺子……

一天，我陪母亲上街。一路上，我们母子俩正有说有笑地走着，突然，我丢下母亲，快步向前迎去，谦卑地向前面一人打着招呼，还忙不迭地从口袋里掏出香烟，向那人递了过去。尽管那人一脸冷冰冰的，可我依然露着笑容，一脸谦卑……

我回到母亲身边，母亲冷冷地问道："刚才那人是个领导吧！"

我疑惑地问："您怎么知道的？"

母亲揶揄道："你的眉间尺告诉了我，那人是你领导！"

又是眉间尺！我惊出了一身冷汗，下意识地摸着自己的眉毛，我的眼前顿时仿佛晃动着一把尺子，量出了自己的"小"来。

眉间有尺度，它量出了人生的态度。正义与不阿、轻蔑与敬畏、谄媚与奉承，眉间尺上，一览无余。

（图／小栗子）

苦而不言，喜而不语

□木 舟

做人的最高境界是什么？

曾国藩说："做人要收敛。"做人的最高境界是：苦而不言，喜而不语。

苦而不言不是要你打断牙齿和血吞，什么亏都吃下去，而是少抱怨，学会吃一点儿无伤大雅的亏。

少抱怨是因为没有人喜欢听你的抱怨。面对苦难时，很少有人真的想要了解你的苦难，苦而不言才是我们最好的选择。

"八百里分麾下炙"的辛弃疾，20岁便出入行伍，曾在万军中俘虏敌军大将，屡立战功，25岁便执笔上言平戎十论。但不久被贬，英雄沦落为田舍菜翁，其间幽愤落寞之情，有谁共鸣？

写下"而今识尽愁滋味"的辛弃疾，不想抱怨吗？他把他的一腔孤愤化为词中沟壑，酿成了青史留名的底气。

苦而不言，是不做无意义的抱怨，是让我们静静地蜕变。

喜而不语是不炫耀。花宜半开，酒宜微醉，做人宜低调收敛。

张爱玲曾和好友炎樱感情要好，但后来张爱玲受不了炎樱的无心炫耀，以至于绝交。

张爱玲去美国后，经济困难，炎樱却时常夸耀自己如何赚钱；张爱玲孀居多年，炎樱却大谈自己与丈夫的甜蜜恩爱……

喜而不语，不是说高兴不能分享，而是不能为了自己高兴，而让别人不痛快。

《菜根谭》中说："淡泊之士，多为浓妆者所疑；检饬之人，多为放肆者所忌。君子处此，固不可少变其操履，亦不可太露其锋芒。"

苦而不言，喜而不语，是一种智慧。

生活从来都是智慧的较量，最富有的人是智者，最宝贵的财富是智慧。

（图／小粒团）

忽冷忽热

□苏 芹

不知道你在遇到恋爱屏障时会不会挠头："怎么办？不管我'死追活追'，她就是不理我。用什么办法能让她对我的态度软化下来呢？"

这时你该做的是：先冷他(她)一小段时间，再回头去追。

提出这个建议的智囊团成员不见得学过心理学，也不见得能说出其中的名堂，但不得不承认，这一招很管用。用心理学术语讲，这叫"斥力—吸力"原则。

当一个人面对异性的疯狂追求时，自信心会膨胀到最高值，觉得自己的价值无与伦比地高。如果这时候对方还是一个劲儿地死追，他(她)就会想："她(他)这样紧追不放，说明我的魅力很大。看来，我还很有机会遇到比她(他)更好的。不急不急，等等看。"

你越拼命，给他(她)的斥力越多，越会造成对方的心理膨胀感。若此时突然放手，任何消息皆无，他(她)马上就会一阵心慌，进而对自身的价值产生严重怀疑。一段时间后，当他(她)的自信心降至最低值，你再回头来示好，为了让身价保值，他(她)会很轻易答应你的一些请求。

不少人就是用这种办法追到他们喜欢的对象的。

很多女人常常说那个男人对她忽冷忽热，却越发令她放不下。说到底，那个男人就是在不断地挑战她自信心的底线。这时她的心会乱成一团，任何风吹草动的暗示都可能左右她的意志。

(图/木木)

先戴好自己的氧气罩，再为孩子戴好

□［美］吉姆·罗恩　译／陈荣生

我经常被问到这样一个问题："我怎样才能做到最好地帮助我的孩子、配偶、家人、同事、朋友？"

我的回答通常是这样的："帮助他人的关键是首先帮助你自己。换句话说，能够为他人做出的最大贡献，就是自己的个人发展。如果我变得聪明10倍、强壮10倍，那么请想想看，这对于我作为一位父亲、一位祖父、一位同事，会给相关的人带来什么。"

真的，我所能给你的最好礼物是我不断的个人发展。要变得越来越好，越来越强壮，越来越睿智。我想，做父母的都应该采纳这个宝贵的哲学。如果父母一切都做得很好，你们的孩子就会有机会做得很好。所以，作为父母，做好个人发展，这就是你所能给予自己孩子的最好礼物。

如果你坐过飞机，那么你一定注意过位于每个座位上方的氧气罩，那里有明确的说明："在紧急情况下，首先戴好你自己的氧气罩，然后，如果你带着孩子，再去为他们戴好氧气罩。"

首先是照顾好你自己，然后才是帮助你的孩子。如果我们把这个理念同样用到整个为人父母的人生中，那就是非常有价值的。如果我学会了为自己创造幸福，如果我为自己和配偶创造了一种独特的生活方式，那将会成为一个很好的例子，可以用来教育我的孩子。自我发展能够使你对身边的人、对你的孩子、对你的事业、对你的同事、对你的社区等更加有价值。

（图／鹿川）

体谅对方的小虚荣

□痴情小木子

北洋军阀首领曹锟早年家境贫寒,靠卖布度日,虽然生活在社会的底层,但他依然羡慕有钱人出门有马车,吃饭进馆子的生活,于是只要一挣钱,他就拉好友进馆子享用。

一日傍晚,他请一朋友吃饭,此时还没有客人,便点了一盘花生,一盘咸菜,再加一瓶酒。过了一会儿,又进来几个人,他们点了一桌子菜还有几瓶老白干。几个人喝酒划拳,热闹非凡,伙计跑堂报菜名都非常热情。两桌一对比,曹锟那桌就显得凄凉寒酸。

突然,伙计端了几盘菜过来,热情地说:"客官,您要的菜来啦。"并依次高唱菜名。店里掌柜的拎了一壶酒过来说:"来,今个儿我请客,咱们也划拳,好酒好肉吃着。"曹锟这一桌的呼喊声渐渐高涨起来。

晚上,饭店打烊了,伙计问掌柜:"今天店里客人本来就不多,你还搭上那么多菜请那两人,咱这儿的买卖是要赚钱的,今天不赔了吗?"

掌柜说:"今天店里就两桌客人,你看两桌一对比就知道曹锟那桌显得很寒酸,我知道曹锟这个人好面子,爱攀比,遇到今天的事他肯定会觉得特没面子,吃饭肯定不是滋味。我们是开店的,来的都是客,就要照顾他们的消费情绪,体谅对方的虚荣心。"刚说完,就听见有人敲门,是曹锟来了,放下两块大洋走了,后来曹锟发迹后,与掌柜情似兄弟,给了他很多帮助。

我们与人交往,不要总想着自己的利益,而置别人于不顾,这样就会失之偏颇,凡事都要静下心来,站在对方的角度思考一下,体谅对方的小虚荣,为他人排忧解难,你就能收获更多的友谊。

(图/小栗子)

管理的最高境界

□赵元波

在徽州的清江上有三户渔民，旅游公司免费给每家配备一条小船和几只鱼鹰，渔民只需每天划着船在江上给游客表演鱼鹰捕鱼的节目，旅游公司就按表演的场次给他们支付酬劳。鱼鹰捕的鱼归各家所有，算是一种额外的补偿，前提是鱼鹰由渔民喂养，死了得由渔民赔偿。

一段时间后，三户渔民的情况出现了很大的变化：一家致富，一家亏损，另一家最惨，鱼鹰都死了，只能歇业。

三户渔民，情况都是一样的，为什么会出现那么大的变化呢？

问题就出在对鱼鹰的管理上：亏本的那家铁丝圈捆得过于松大，本可卖钱的鱼也让鱼鹰给吞食了，鱼鹰吃饱了，就懒得再去捕鱼，表演的场次就减少了，挣的钱也就不多，还得花一笔钱去买鱼喂鱼鹰。而最惨的那家渔民自以为精明，把鱼鹰的脖子扎得又紧又小，结果事与愿违，鱼鹰连小鱼也吃不下去，不几天鱼鹰就给活活饿死了，赔鱼鹰需要一大笔钱，这位渔民不但没赚到钱，还把以前自己从别处赚来的钱也搭了进去，导致他破产失业。唯有第三户渔民给鱼鹰捆的铁丝圈不紧不松，不大不小，鱼鹰捕到了小鱼就吞到肚子里，捕到大鱼时，根本吞不下去，只能吐出来。由于有鱼可吃，鱼鹰捕鱼的积极性很高，表演的场次就多，得到的酬劳就多，捕的鱼多，卖鱼可以得到一笔钱，两项加起来，一天的收益颇丰。在表演的时候，鱼鹰就吃饱了，省下了一笔喂鱼鹰的费用，这位渔民也就富了起来。

管理的最高境界就是适度，不够不行，过了头也不行，把握好管理中的度，尤为必要。

(图/木木)

叶子的温暖

□赵盛基

乞力马扎罗山是非洲第一高山，最高峰海拔5895米，有"非洲屋脊"之称。

通常，高海拔地区鲜有高大植物，而在乞力马扎罗山3600米以上的高峰上，却偏偏是一种高大植物的天下。这种植物叫千里木，高达3~10米，被誉为"东非高原的植物巨人"，它们用一个个高大的身躯组成的"森林"成了东非高原最傲人的景观之一。

乞峰千里木样貌挺独特，它的叶子聚生在顶部，呈螺旋状，像是高高的茎干上顶着一颗卷心菜，也像一个留着怪异发型的非洲美男。

乞峰常年积雪，在千里木生长的这个高度，每到夜晚气温都会降到零摄氏度以下。如此寒冷，难道它们不会被冻死？

这个不用担心，它们自有生存的办法。

为了御寒，每当太阳落山，夜幕降临，千里木的叶子就会自动闭合，向内卷起，像暖房一样，将里面幼嫩的顶芽保护起来，以免受到冻害。

第二天，当曙光再现，太阳升起，叶子又自动打开，让顶芽在温暖的阳光下自如生长。

顶芽长大后，也像它的先辈们一样，承担起保护新生顶芽的责任，而那些曾经保护过它的叶子则渐渐枯萎。

奇特的是，那些枯萎的叶子虽然已经干枯，但是没有一片掉落，而是紧紧地包裹在茎干上，像一层厚厚的棉被，给茎干保暖。

这才是千里木叶子最独特之处，小时候，得到了别人的温暖，长大后，把更多温暖给了别人。

（图/果酱的酱）

救人的智慧

□易中天

曾祖父曾经讲了一个故事。故事不知是发生在湘江还是浏阳河。总之，那天江河上突然风涛大作，巨浪滔天。大风大浪中，两只渡船在颠簸。两船载客共百人，眼看性命不保。一位刚刚上岸的老者急呼救人。老者是位行商，长期在江湖行走。他对港口渔船上的船夫们说："我悬赏！救一个人给一贯，救一百个给一百贯。"船夫们你看看我，我看看你，都不动。老者急忙改口："你们快去！去一个人给一贯，去一千人给一千贯。"所有的渔船都动了。两只渡船上的人全部得救。而且，他们上了渔船没多久，渡船就沉了。

获救的人排着长队来到老者的船上向他拜谢。最后一个人，上船之后就扑倒在地号啕大哭。老者一看，竟是自己的独生子。真的是善有善报！

这个故事，说出了人性的真实。那么请问，老者第一次悬赏时，为什么大家都不动呢？因为船夫们有自己的盘算：救一个人给一贯，救不上来呢？岂不是白干了？何况还有风险。还有，如果是几个人一起救了一个人，难道分那一贯铜板不成？分不匀呢？问题很多啊！后来的办法就简单了：只要去，就有钱，当然都去。既然去了，人性中的善就会升腾，大家也会竭尽全力施救。结果是什么呢？船夫们从自私的念头出发，却达成了善果。这就是那老者的智慧。所以说，没有聪明才智，光有善心也是不行的。

（图/曹黑黑）

喂虎

□尤 今

中国知名导演冯小刚在他执导的电影《手机》里，有个有趣的小片段。

片中主角，名字唤作严守一，在电视台担任热门课题讨论节目《有一说一》的主持人。有一回，他以"人应不应该撒谎"为课题与观众展开热烈的讨论。

有个在动物园里任职的老员工，义正词严地说："当然不该撒谎，不但语言要诚实，行为也得老实。我在动物园的工作是喂老虎，这么多年来，在喂它时，该给多少肉，便给得足足的，从来没有一次半回缺斤少两。"

诙谐的主持人严守一即刻应道："老虎不会说话，你少喂了它，它既不会告诉别人，也不会去投诉，可是，它会用您身上的肉来补上不足的那一部分。"

莞尔之余，觉得主持人在谈的，其实是"血淋淋的人生"。

许多人，总以为别人"手无寸铁"而可以为所欲为地"蹂躏"，可是，他不知道，每个人心中都藏着一只"无形的老虎"，当被逼到墙角时，心中那只老虎便会张牙舞爪地飞扑出来，那种破坏力，恐怖得无以复加。

然而，有的时候，也会遇上心有疯虎的人，当"花有千日红"时，风平浪静；然而，一旦形势对他不利，为了保护自己，他便会放虎出来，不分青红皂白地将原本有恩于他的人咬得遍体鳞伤。

啊，"害人之心不可有，防人之心不可无"真是千锤百炼的语言。我们在敞开心门以诚待人的同时，也必须在心上设一道上锁的栅门，防止疯虎出其不意地飞扑进来。

（图／小栗子）

讨爱

□吴淡如

不知道是不是吃错了什么东西,我得了急性肠胃炎,还附带发高烧,一个早上两度被推进急诊室。

手上打着点滴,在迷迷糊糊的时候,我被十分洪亮的叫骂声吵醒了。一个老先生一被推进来就开始大声辱骂医护人员,嫌他们怠慢了他。

我有点儿纳闷,这所医院的医护人员以面带笑容、温和有礼而闻名,怎么会让老先生这么生气呢?

骂完医护人员,老先生无视急诊室不可以打手机的规定,开始对着亲人大声宣布他被送进急诊室了,当然也不忘骂几句。

打完电话后,老先生把所有的病人都当成听众,大声悲叹自己的不幸:"养儿子一点儿都没用啦,我有六个儿子,但没一个来看我!"

乍听之下,老先生真是晚景凄凉,但再听下去就有玄机了:"前几年我太太得了脑卒中,每个儿子都无比孝顺,他们一共花了三百多万医药费。而现在我生病了,竟然没有人来看我,也不想想是谁赚钱养大他们的!"

同样的话以响彻云霄的声音抱怨了好多遍,连好脾气的社工人员都来劝他:"你儿子忙,他们一会儿就来啦!"

我虽然同情病急生怒的老先生,但心里更替他着急。活到那么大岁数了,除了他自己,谁能教他领悟他的态度会影响下一代对他的态度?不一定是孩子们不孝,可能是他自己从来不懂反省。为什么孩子们对待母亲和父亲的态度差那么多?想必他一辈子都是个令人望而生畏、无法沟通的父亲。

骂了好久,老先生接了一通电话后,语气稍稍温和了:"啊,我大儿子说等他下班后就来看我。"之后他便沉沉睡去。

我想他只是个可怜的讨爱的老人而已,但以辱骂的方式来讨爱,怎能得到真正的敬爱呢?

(图/小栗子)

小和尚的脚

□李克红

马祖禅师是唐朝时五台山的著名高僧,他很喜欢用"刁难人"的方式去提点自己的徒弟们,帮助他们开窍顿悟。

有一次,马祖禅师搬了把藤椅坐在通向寺院后门的小路上看书,没多久,一个小和尚推着车子从菜园子回来。由于道路太窄,马祖禅师又偏偏把脚伸在路中间,小和尚就想让师父把腿缩回去,以便自己能把车子推过去。没想到,马祖禅师不以为意地说:"我向来只伸不缩。"

小和尚一下子愣住了,附近没有别的路可以走,要进寺就非走这条路不可,如果是步行倒好说,从田里走过去也就得了,可推着车子要如何从田里走呢?小和尚为难地说:"师父,您不肯把脚缩回去,我就回不去寺里呀。"

马祖禅师连眼皮也没抬一下,说:"那是你的事。"

小和尚有事在身,心想这样下去非误事不可,便说:"师父,既然您是只伸不缩的人,那我总不能轧断师父的脚吧。要不我们换一下,我坐到椅子上来,您来推车,把我的脚轧断算了!"

马祖禅师听后起了兴致,想看看这小徒弟哪来这么大的勇气,就让他坐到椅子上来,自己则走过去推车。可就在马祖禅师要轧到小和尚的脚时,小和尚却把脚缩了回去。马祖禅师问:"你不是要和我换一下位置吗?为什么又把脚缩回去呢?"

小和尚站起来说:"师父,你是只伸不缩的人,但我是能屈能伸的人,所以我把脚收回来了。"

小和尚说完推着车子离开了,马祖禅师看着他的背影,满意地笑了。多年后,禅师把自己的衣钵传给了这个小和尚,而他就是后来和马祖禅师齐名的高僧,五台山隐峰禅师。

(图/曹黑黑)

森林烟蛙吃蛇

□程 刚

热带雨林里有一种森林烟蛙,号称蛙中霸主,它们体重都在半公斤以上,皮肤呈淡黄褐色,四肢又粗又短,浑身肌肉发达。它们可不像其他蛙类那样以昆虫为食,而是吃小鸟、老鼠、蜥蜴和蝙蝠等。

森林烟蛙捕食与其他蛙类一样,用又长又富有弹性的舌头卷住猎物。可它们最终制服猎物靠的是胸前两块坚硬肌肉,像钳子一样夹住猎获物。

森林烟蛙特别喜欢吃蛇,它们对付蛇类也有自己的一套办法。只见蛇不动,它也不动,蛇一动,它立即伸出舌头把蛇卷过来咬住不放,然后用两块胸肌死死地夹住蛇,直到蛇断了气,才慢慢吞下去。

一个有趣的现象值得研究,一些森林烟蛙吃蛇以后会慢慢地死去。多数人认为,这是因为蛇身上有毒素,森林烟蛙这是中毒了,才会丢掉生命。这一推测似乎很有道理,但也不能服众,因为还有一些森林烟蛙吞下毒蛇后安然无恙。

前不久,乌拉圭一家研究机构解开了这个谜团。死去的烟蛙并不是因为中毒,而是它们丧失了捕食能力。原来,当森林烟蛙遇到体长超过70厘米的蛇的时候,它们要耗尽所有力气去制服。因为蛇太大,缠绕的力量也很大,所以,森林烟蛙的两块胸肌必须紧绷持续用力,有时甚至超过两天两夜才能将蛇制服,可制服蛇以后,由于肌肉长时间用力严重拉伤,一点儿力量也没有了,结果失去了捕食能力,最终饿死。

森林烟蛙的死值得我们思考。有些时候,我们倾尽全力打败一个对手,可我们自己也体无完肤,这种战胜其实不是一个智者的选择。

(图/曹黑黑)

风为叶，雨为花

□谢光明

雷雨来得猝不及防。

屋檐的雨滴打着叶片，叶片惮颤一下，下面现出一只蝈蝈。它没有逃到屋檐下躲雨，而是紧紧地用它锯齿状的几只脚牢牢地钩住叶片，把构树叶当作一方净土。

构树高一米左右。三年前，或五年前投错胎，落墙生根。墙头没有泥土，没有水分，它营养不良，生长缓慢。若是构树种子落在地上，三五年足以茁长成两层楼那么高。秋天的构树，像极了披霞帔戴凤冠的娘娘，流金叶片下垂，挂着耀目的红果子。

这只黄绿色的蝈蝈不过半个指头大小。蝈蝈琥珀色的眼睛隔着叶外雨花，对世界充满了好奇。它发现了我，但并不怕我，斜起脑袋与我对视。它表演似的活动着相差悬殊的六只脚：蹬蹬一只后腿，然后用一只前脚，姑且叫它手吧，用一只手撸一下额前的触须。接着又换一只手，撸另外一根触须。看样子，它并不认为那是触须，而是周郎与吕布头上的雉毛翎。同样是躲雨，我几乎终其一生建造房屋，然后把自己关在里面，而它只需一片树叶。

忽然，蝈蝈六只脚一松，划出一道弧线，朝雨幕里飞去。离开构树叶的蝈蝈飞到院墙上，正对着我的房子，也正对着我。它用前手在脑袋上擦一下，想把眼睛上的水分擦掉，但是接着眼睛又被雨水粘上。后来，它干脆不擦了，静静地立在雨中，看起来像是在淋浴。

蝈蝈在雨中把自己站成一棵树，比构树还小的树，风为叶雨为花。

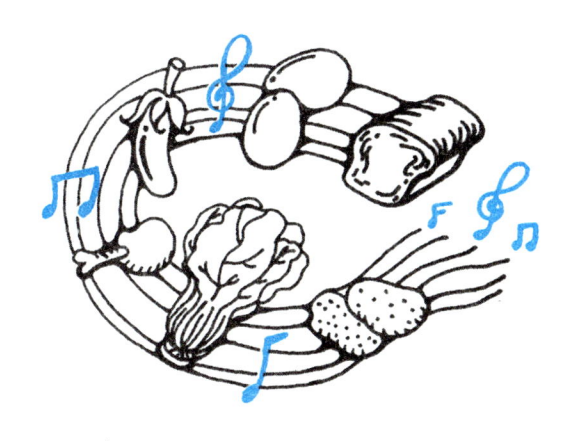

食物是有声音的

□蔡要要

今天早起天蓝得不像话,心情也跟着高兴起来。

今天站在锅前熬肉酱,拿着木铲轻轻搅拌,发出咕嘟咕嘟的声音,颇为动听。

其实食物是有声音的呢!仔细听!

嘘!炸鸡排的时候,吱的一声,是一种欣喜的欢叫。

炖排骨的时候,咕噜噜咕噜噜,是排骨睡着了在打呼噜呢。

烤面包的时候,你听,有种轻微的噗噗声呢,是面包在偷笑吧!

啊,还有炒青椒肉丝的时候,酷炫地翻一翻锅,呼啦啦呼啦啦,是青椒和肉丝在拥抱呢!

煮一碗番茄鸡蛋面,最后淋上一点儿热辣辣的蒜子油,发出吱的一声,是面条动情的呻吟。

蒸一碗鸡蛋羹,会有好听的、小小的气泡声,听上一会儿,就觉得浑身软绵绵起来。

煎一条鱼,翻面的时候,鱼皮和锅嗞的一声分离开来,这是因为鱼的绝情,还是因为锅的不挽留?

还喜欢听炒花蛤的声音,贝壳和贝壳在锅里碰撞,那哗哗的响声,和海水一样动听。

炒青菜一定要油热,把水嫩嫩的青菜丢进去,顿时会发出一声爆炸一样的咻,好像在提醒你,快点儿炒,不然青菜就会炒老了。

还有做酸辣土豆丝,最后浇上那一勺醋的一刻,土豆丝好像明白这是自己升华的关键时刻,每一根都同时开心地呻吟一下,做饭的人听见这嗯的一声,也很满足呢。

当然,我相信吃驴肉火烧的时候,咬每一口都是嗷的一声,不一定对,你们感受一下。

(图/曹黑黑)

华服与首席

□张志兴

明朝官员石璞在任山西布政使时,一次夫人应邀出席官员内眷的宴会,发现其他官员的夫人都身着金珠绮彩,而自己则是荆钗布裙,有些不高兴。石璞便问夫人:"你在宴会上坐什么位置?"夫人答道:"坐首席呀!"石璞说:"这不就得了?不管你穿什么衣服不都坐在首席吗?如果让我利用职权谋私利,你还能有这样的位置吗?我做官不是为了让夫人穿上华丽的衣服。那些身着金珠绮彩者,以后想坐上首席,恐怕会很难的。"一席话说得夫人平静了许多。

石璞做官,不是为了得到华美的服饰,而是为了得到首席的位置,这就是石璞的价值追求。华服只能赢得他人的艳羡,而首席则体现的是他人的尊重。华服可以用金钱购得,而首席的位置用金钱未必能买得到。相比于那些当官就是为了发财、就是为了光鲜亮丽的人来说,石璞的追求应当是更高层次的。也正如石璞所言,那些身着金珠绮彩者,难保不会东窗事发,到那时轻者削籍为民,重者锒铛入狱。首席,只能成为一种回忆。石璞放弃华服,是为了能更长久地坐首席。

(图/小栗子)

奔跑的羚羊

□ [英] 摩顿·维克德伦　编译／李安章

有一年，我跟随野生动物学家克雷孟特先生一起前往澳大利亚大草原考察。在那里，我们看见了一大群羚羊穿过整个草原，我情不自禁地感叹道："羚羊的数量这么大，真是一件好事啊！"

克雷孟特先生笑笑说："确实，否则它们很快就会灭绝。"我非常奇怪，我问他为什么这么说，克雷孟特先生指着一只停止奔跑的羚羊说："你注意到它了吗？它马上就会成为狮子的美餐了，它停下来不是因为有什么重要的事情需要思考，也不是因为它累了，而是因为它太愚蠢，以至于忘记了当初自己为什么要奔跑。它们发现天敌后会本能地逃开，开始向相反的方向跑，但是它们跑着跑着，就会忘记到底是什么在促使它们奔跑，有时候甚至会在最不适当的时候停下来，沦为天敌的美餐。"

克雷孟特先生说着，又朝另一个方向指了指说："你看见没有？在它不远处就有一只狮子，但这只羚羊停在了狮子的旁边，它们有时甚至会向狮子走过去，它们会忘记这就是同一种在几分钟以前让自己惊慌失措的天敌，所以如果不是有一大群羚羊的话，这整个种群将会在几个星期内被消灭干净。"克雷孟特先生的话音刚落，那只狮子就扑向了那只停止奔跑的羚羊，羚羊很快应声倒地了。

成功和失败的区别，并不在于谁跑得更快，而在于谁曾在危机逼近的时候停了下来。

（图／罗再武）

"事后诸葛亮"背后的心理谬误逻辑

□ [日] 匠英一　译/郭勇

某公司举行员工运动会，总务部派出一支队伍参加接力赛跑。其中A君说："我跑得比较慢，让我跑第三棒吧。"于是，参赛队员围绕顺序问题展开了争论，最后决定让A君跑最后一棒。他们的战术是让前三棒的人尽量快跑，争取更多的领先优势，以给最后一棒的A君赢得更多的心理优势。

然而比赛中，事情并没按预期的发展。总务部的前三名选手表现得都很出色，当把接力棒交给最后的A君时，还处于第一的位置。可是，A君接棒后不断被人赶超，最后只获得了第三名。当大家都在为失败感到懊恼时，队伍中的B君却开口说道："所以我就说嘛，当初我就不同意让A君跑最后一棒。"事实上，当初在大家讨论出场顺序的时候，B君也认可了大家的意见，那么为什么现在却不承认，还编造出一些借口呢？

像B君这样，看到别人失败就说"所以我就说嘛"的"事后诸葛亮"不在少数。这种人一般具有确信自己永远正确而且争强好胜的性格。他们虚荣心强，希望得到别人的尊敬和认可。

可是，在大家商讨对策的时候，他们没有坚持己见和说服别人的勇气。这是因为，他们担心一旦大家采纳了自己的意见而失败的话，自己将无地自容。

因此，"所以我就说嘛"，只是结果出来之后才敢说出口的台词。不过，他们并不甘于沉默，也不喜欢被别人无视，总想说点儿什么以引起别人的注意。其实这是内心怯懦的一种外在表现。

（图/小栗子）

荒年识人心

□张 勇

民国初年，湘南蝗虫肆虐，粮食歉收，殷天引一家在镇上最先断了粮，一家人不得不吃起草根树皮。这天晌午，一顶软轿停在殷家门口，从软轿里下来的是殷天引的一个好朋友王扬。王扬突然盯着殷家窗台上的一只香炉走了过去。那只香炉与众不同，正方形，上宽下窄，呈斗状，比一般香炉高大，显得凝重、大气。王扬端详良久说："好一只明代的宣德炉。"

殷天引心里一惊，他没想到，自己家还有明代的东西。王扬继续说："我喜欢收藏，把它卖给我吧。我给你两担大米。"第二天，殷天引去了一家古玩店，发觉明代的宣德炉至少值十担大米。后来，殷天引就慢慢和王扬断了来往。

多年以后，殷家终于发达起来，而此时，王扬却病故辞世。殷天引发现，王家养着几株兰花草，其中，种植花草居然用了一只宣德炉，那只宣德炉就是当年王扬花两担大米从自家买去的。王家长子道："这只宣德炉不值几个钱，它只是一个仿制品。那年粮食歉收，家父的一个好朋友家断了粮食，家父想帮帮他，可又知道这人清高自爱，不会随便接受别人的帮助，于是，故意把他家这只仿制的宣德炉'考证'为明代古物，还送了两担大米给他。"

遇人急难，慷慨解囊，委曲维持，这是一种合乎道、契乎义的自然反应，不存一丝一毫获报的心、有求的心，值得称道。说起来容易，做起来实难。唯其难，才愈显可贵。记得别人的好，是做人的本分；忘记对人的好，是做人的智慧。

(图/曹黑黑)

若是不在意，便不会太失意

□陈琅语

乡村有一对清贫的老夫妇，有一天他们想把家中值点儿钱的一匹马拉到市场上去换点儿更有用的东西。老头子牵着马去赶集了，他先与人换得一头母牛，又用母牛去换了一只羊，再用羊换来一只肥鹅，又把鹅换了母鸡，后用母鸡换了别人的一口袋烂苹果。

在每次交换中，他都想给老伴一个惊喜。

当他扛着大袋子来到一家小酒店歇息时，遇上两个英国人。闲聊中他谈了自己赶集的经过，两个英国人听后哈哈大笑，说他回去准得挨老婆子一顿揍。老头子坚称绝对不会，英国人就用一袋金币打赌，三个人于是一起回到老头子家中。

老太婆见老头子回来了，非常高兴，她兴奋地听着老头子讲赶集的经过。每听老头子讲到用一种东西换了另一种东西时，她都充满了对老头的钦佩。

她嘴里不时地说着："哦，我们有牛奶了！""羊奶也同样好喝。""哦，鹅毛多漂亮！""哦，我们有鸡蛋吃了！"

最后听到老头子背回一袋已经开始腐烂的苹果时，她同样不愠不恼，大声说："我们今晚就可以吃到苹果馅饼了！"

结果，英国人输掉了一袋金币。

不要为失去的一匹马而惋惜或埋怨生活，既然有一袋烂苹果，就做一些苹果馅饼好了，这样生活才能妙趣横生、和美幸福，而且，你才可能获得意外的收获。

（图/曹黑黑）

给对方施加压力

□ [日] 内藤谊人　译 / 孙兴峰

进行重要的商业谈判时，放在桌子上的手可以成为帮助你的一个重要道具。在某种程度上，手的使用方法决定了谈判、销售能否顺利进行。

英国约克大学的心理学家皮特·布鲁教授利用新闻节目，详细分析了著名的新闻评论员说话时手的姿势："开始播报新闻时，评论员会将一只手放在另一只手的手背上，然后慢慢开始讲话。这个姿势是控制自己的意思，具有让自己镇静下来的效果，看上去比较严谨。"

那么，当评论员叙述自己极力主张的观点或很重要的事件时，他们的手又是什么姿势呢？根据布鲁教授的分析，新闻评论员在讲述重要事件时，经常会交叉十指。

我们在和顾客见面时，一开始最好给对方一种严谨、稳重的感觉，这时候应该将一只手放在另一只手的手背上。这是因为压住自己的手，就可以让对方感觉到自己的严谨。在做自我介绍或谈论一些无关紧要的话题时，这种姿势是比较合适的。

而在介绍商品、与对方讨价还价时，我们就必须给对方施加更大的压力。这种情况下，我们应该紧紧地交叉十指，并将双手放在胸前，这样就可以让对方感受到很强的压迫感。

在说开场白的时候，我们应该保持双手重叠的姿势，因为这个时候没有必要给对方施加压力。有句俗语说："不让别人看到手心。"我想，从这个俗语中，就能理解这个姿势的含义了。

（图 / 罗再武）

三层楼的故事

□星云大师

往昔，有一个富翁到朋友的家里，见到朋友三层楼的房子高广严丽，轩敞疏朗。富翁愈看愈喜欢，不禁心生渴仰。富翁把建造这栋三层楼的木匠请来，问："你可不可以也帮我建造一栋瑰玮严丽的楼房？"木匠欣然应允。但是当木匠开始建造地基时，富翁疑惑地问："你在做什么？"

木匠回答："建三层楼的房子啊！"

富翁说："我不打算建一、二层，你只要替我建造第三层就好了。"

木匠惊讶地看着富翁，说："没有第一层楼，如何建造第二层楼？没有第二层楼，又如何会有第三层楼呢？"

《百喻经》里这一则"三重楼喻"，寓意良深。想想，一栋没有地基的高楼，不过是空中楼阁的痴想。这位富翁愚痴无智的行为固然可笑，但是我们往往犯了同样的毛病而不自知：事事都求速成，却忽略过程与基础的重要。不从基层做起，怎么可能建造出巍峨的大楼、成就往后的事业呢？

在快餐时代，看病要吃特效药，一份方便面就能温饱，连热饭菜都以微波炉快速加热……凡事求迅速、求快。然而速成的东西不能耐久，只会使我们错失体验生活的乐趣，更无法学习到生活中的许多智慧。所谓"万丈高楼平地起"，要拥有、求成果，就得一步一步、一砖一瓦慢慢地累积，才能更高更大更长远。

（图/曹黑黑）

粥品如人品

□高中梅

常听人说,酒品如人品,棋品如人品,当然还有粥品如人品。套用一句话说:"水至清则无鱼,粥至清则无味,数杯清水数把米,半碗糊涂半碗仙,斯文慢火,羽扇经纶,煮沸着整个江湖。"

古往今来,名人雅士对粥都情有独钟。曹雪芹的祖父曹寅对粥很有研究,曾编有《粥品》一书。曹雪芹在家境衰落以后,阅尽人世沧桑,也把祖父品粥的闲情带到《红楼梦》中。

粥品如人品,吃粥意味着一种守得住清贫的淡定,一种"不改其乐"的从容。出身贫寒但勤奋好学的欧阳修,一日三餐都食粥。后来做官后,生活境况改善了,但他仍每日吃粥。他说:"多年吃粥,已经习惯了,艰苦的环境能够磨炼人,如果现在改吃好东西,以后没好东西吃了又吃不了苦该怎么办?"

一碗稀粥,看似平常,其实需要经历文火的煎熬,才成正品。一个人要想成功,就要不急不躁。作家王蒙说:"粥好消化。一有病就想喝粥,特别是大米粥。新鲜的大米香味似乎意味着一种疗养,一种悠闲,一种软弱中的平静,一种心平气和的对于恢复健康的期待和信心。"

古人说"嚼得菜根百事可成",其实,"喝得稀粥"又何尝不是这样呢?稀粥绵软,入口即化,不与舌头为难,正像做人,要能屈能伸,与人方便,即是与己方便,正切合了中国人温柔敦厚的传统秉性。痛苦时、落魄时、烦闷时、心浮气躁目空一切时,你都不妨坐下来喝一碗粥,也许在不知不觉间,心中便有一阵春风悄然拂来了。

(图/曹黑黑)

想保暖住雪屋

□杨 光

你或许在电视上看见过因纽特人的雪屋，半球形，用一块块雪砖垒成。这似乎与我们的生活经验不符：雪那么冰冷，住在里面不会冻着吗？

要想保暖，归根结底是要阻止热量散失。穿羽绒服、盖棉被都是这个道理。因纽特人搭建雪屋时，从地上直接切割出大小适合的雪块。这种雪的密度可比我们用手压的雪球要紧实得多，不必担心垮塌。人住在雪屋里，身体的热量不断散失到空气中，热空气遇上用雪堆积的墙壁，便被牢牢锁在雪花的空隙里，而屋外的冷空气也进不来。

在结构上，雪屋没有传统意义上的"门"，只有一条地道通向外界，地道口再设一个小小的出入口，这样，冷空气下沉至地道，热空气停留在地上居住的部分。人在进出时，也不会因为开门而让屋内流失热量，让呼啸的寒风吹进屋内。如果在内壁上再贴一层兽皮，那保暖的效果就更加显著了。

那么，人体不断"加热"雪屋内壁，不会使得雪融化导致坍塌吗？雪当然会融化，但那样反而会令雪屋更加坚挺。人在屋里时，少许的雪融化成水，等到白天人外出，屋内雪水又冻成了冰。

就这样，在雪墙不断加热融化、受冷复冻的过程中，房屋结构越来越稳固，雪屋也越来越温暖。从理论上讲，建成几天的雪屋能将屋内温度提高40摄氏度左右。足够在冰天雪地里给因纽特人提供一个安全而舒适的居所了。

(图/曹黑黑)

取舍的气度

□于 丹

《吕氏春秋》讲了一个小故事。有人想买一只世界上最好的狗，邻居就为他选了一只强壮凶猛的猎狗。这个人心想，既然是最好的狗，又花了这么多钱，应该什么都会。他就训练猎狗捉老鼠，却总是办不到。他去求教鉴狗大师。大师告诉他："这确实是一只难得的好狗。它的猎物是獐、麋、猪、鹿这类野兽，而不是老鼠。如果一定要让它捉老鼠，就把它的后腿拴起来。"这只狗的后腿被拴住，慢慢地，学会了捉老鼠。然而，它再也不是猎狗，无法捕捉野兽。它成了一只猫，还是一只瘸脚的猫。

这就是追求全能的代价。

最好的事业不是贪多求全，四处点火，而是水滴石穿与健康持久。"不在其位，不谋其政"和"在其位，谋其政"，说到底，就是不做不重要的大事和去做重要的小事，这是一种取舍面前的气度与格局，体现了自我认识的睿智与深刻。

（无涯摘自和讯网 图/辛刚）

保富法

□滕老总

俗话说:"发财不难,保财最难。"旧上海总商会会长聂云台对这句话感悟颇深。作为曾国藩的外孙,聂云台秉承家族智慧在商场上翻云覆雨,终于成为上海滩第一商人。然而50年风云变幻,聂云台屈指算来,最初的富豪能存活下来的几乎百中无一二。

当年湘淮两系平定太平天国之后,封爵的有六七家,做总督或巡抚的有二三十家,当了将军以上的数不胜数,而最后能维护家族传统的仍不过曾、左、彭、李这几家。究其原因:一不从政,二不积财,三鼓励子弟从事学术。忘记了耕读这个根本,其他家族之败亡也就不足为怪了。

曾国藩在位20年,未曾造过一间新房、买过一亩新田,死后只留下20000两银子。他亲创两淮盐票,价低利高,每张原价200两,后来卖到20000两,每年的利息就有三四千两,而曾国藩特别谕令曾家人"不准承领一张"。像这种合法收入尚且严戒,何况其他。

当时中国首富为上海哈同花园的老板,因无子女,八万万银圆的遗产最终归了他人。按当时的利率,每年的利息就有1600万,足以接济江浙两省的贫民。可惜这个大富翁生性吝啬,不仅生前所有变成梦幻泡影,更在历史上留下了一个不好的口碑。真是首富难当,何苦来哉!

作为弘一法师的同门,聂云台始终认为没有慈悲心的富人是这个时代的悲哀。他说:"希望自己的子孙发达,这是人人都有的心理,结果多数适得其反,为什么呢?因为不明白'积善之家,必有余庆;积不善之家,必有余殃'的道理啊!"

(图/小栗子)

王的福禄寿

□邓高如

雍正自幼喜读佛典，广交僧衲。继位之后，于政务之暇，降九五之尊，躬身登台讲法，还于雍正十一年（1733年），亲自编纂宣传佛法知识的禅宗语录集《雍正御选语录》。

该语录中的一则讲道：一次，王子问禅师："食肉者是？不食肉者是？"师曰："食肉是王爷的禄，不食肉是王爷的福。"

妙哉斯言！

其一，问得好。清室来自游牧民族，过去以肉食为主，那时马背上打天下，常年征战不息，多吃一点儿肉，能量耗费多，于健康无碍。但自入关后，得了天下，住进了紫禁城，活动少了，再以肉食为主，常办满汉全席，肚里油水积淀太多，显然于健康有害。王子想到，王室成员多数寿命不长，包括几任帝王在内，恐与饮食有关，于是慨然提问，质疑饮食方式，故而问得好，问得妙，问到了一个有趣的大问题。

其二，答得妙。禅师不明确答复王子，是食肉好，还是不食肉好，而是将两种饮食之道的优劣和盘托出，供王子参考——"食肉是王爷的禄，不食肉是王爷的福。"

回味王子与禅师的问答，可得出一个二元悖论：食肉不是王爷的福，仅是王爷的禄；而食素才是王爷的福，也是王爷的寿。这些见解，已经为现代医学所证实。于是我们可否这样说：权力、金钱、财富、待遇、名气等，来得正，掌控得好，那不过是你的"禄"，而未必是你的"福"；若是来得不正，用得不好，那肯定就是祸，就是灾。

（图/罗再武）

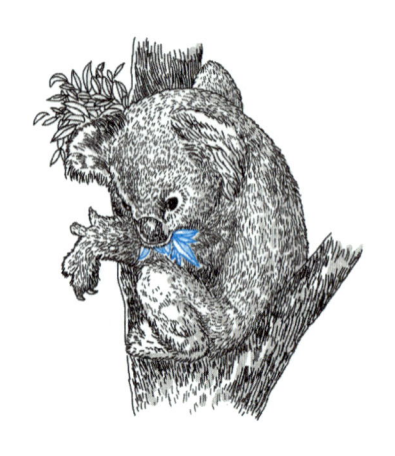

考拉从不死抱着一棵树

□赵盛基

考拉是澳大利亚国宝，树栖动物，栖居在桉树林区。之所以栖居桉树林区，是因为考拉对食物非常挑剔，只吃桉树的叶子。

考拉几乎一年四季都居住在桉树上，而且很少活动，多数时间都慵懒地抱着树枝趴在树上。一天当中，它用20小时睡觉，2小时吃树叶，2小时发呆。它呆萌的样子，非常招人喜欢。

考拉饭量不是很大，每天只吃500克桉树叶，但它们的领地意识极强，自己的领地决不允许别的考拉或其他动物染指，一旦自己的领地被入侵，主人会毫不客气地将其赶走。当然，它们内部的规矩考拉们都能各自遵守，不会轻易进入别人的领地，即使一个领地的考拉死去一年多，别的考拉也不会贸然进入。因为死者的气味信息尚存，不去冒犯，也许是生者对死者的尊重吧。

难道考拉一直待在树上不下地吗？不是，它们也有从树上下来的时候，但是，考拉下地的时候的确很少。它们是懒惰的，但有时也是很勤快的，那就是从一棵桉树转移到另一棵桉树上的时候。这是它们下地最多的时候，在这件事上它们从不偷懒。它们从不死抱在一棵树上，而是经常换树。为什么要经常换树？是所在树上的叶子吃光了吗？不是，考拉从不把一棵树上的叶子吃光，它们换树的目的是给桉树充分的时间，让桉树的叶子趁机再生。

可见，考拉也非常懂得保护生态。

（图／罗再武）

柔和的力量

□星云大师

有一次,我在荣民总医院进行手术,开刀后,需要一段时间康复训练。每次复健的时候,主治医师周大夫要求我做爬坡运动。一般人爬坡,氧气会愈来愈少,上气不接下气,但是我的气是愈来愈足。周大夫很讶异,开玩笑说:"你们出家人真有特异功能。"

我左思右想,过去也没受过体能训练,怎么会有这样的现象呢?在复健快完成时,我将想到的一个道理告诉周大夫:"自小出家,在学习过程中,因为我并不聪明,师兄们都看不起我,常常指着我的鼻子骂'你呀没有用,没有出息'!

"他是我师兄,年纪又比我大,既不能跟他回骂,也不能吵架,就只有忍耐。并且告诉自己,有用没有用,有出息没有出息,也不是现在就知道,十年、二十年后再看嘛!

"我一生遇到许多挫折,但是我不会因此颓丧,反而在这些逆境中养成一种忍耐的力量,愈挫愈勇的性格,愈是艰难困苦的,愈能设法突破。要是说'特异功能',应该就是由忍耐力而来的吧!"

我们看,老松坚韧、山川壮美,都是由耐力成就的。忍耐力让自己含藏着一股能担当、面对的能力与勇气,不以语言、暴力去抗拒,而是由内心一种柔和却强大的力量化解。我们常说"不经一番寒彻骨,哪得梅花扑鼻香"。要能闻得花香芬芳,就不要害怕迎战困难艰苦,只有具备了接受环境考验的耐力,才能练就一身本领。

(图/木木)

通灵麻雀

□汪曾祺

闵兆华家有过一只很怪的麻雀。这只麻雀跌在地上，折了一条腿（大概是小孩子拿弹弓打的），兆华的爱人捡了起来，给它上了一点消炎粉，用纱布裹巴裹巴，麻雀好了。好了，它就不走了。

兆华有一顶旧棉帽子，挂在墙上，就成了它的窝。棉帽子里朝外，晚上，它钻进去，兆华的爱人把帽子翻了过来，它就在帽里睡一夜。天亮了，棉帽子往外一翻，它就要出来了。

兆华家不给它预备鸟食。人吃什么它吃什么。吃饭的时候，它落在兆华爱人的肩上，兆华爱人随时喂它一口。

它生了病——发烧，给它吃了一点四环素之类的药，也就好了。

它每天就出去玩，但只要兆华爱人在窗口喊一声："鸟——"它呼的一声就飞回来。

兆华爱人绣花。有时因事走开，麻雀就看着桌上的绣活，谁也不许动。你动一下，它就啄你！

兆华领回了工资，放在大衣口袋里，麻雀会把钞票一张一张地叼出来，送到兆华爱人——它的主人的面前！

我知道这只麻雀的时候，它已经活了四年多，毛色变得很深，发黑了。

有一位鸟类学专家曾特地到兆华家去看过这只麻雀。他认为有两点不可解：

一、麻雀的寿命一般是两年，这只麻雀怎么能活了四年多呢？

二、鸟类一般是没有思维的。这只麻雀能看绣花、叼钞票，这算什么呢？能够说是思维吗？

天地间有许多事情需要做新的探索。

（图/木木）

沉没成本不是成本

□薛兆丰

生活中，我们经常听到一些冠以成本名字的概念，例如沉没成本，但沉没成本不是成本。

我们说成本是放弃了的最大代价，而如果没什么可放弃的，也就不存在成本。沉没成本，就是指那些已经发生但不可收回的支出。当我们没办法再收回，没办法再放弃时，就不存在成本。凡是提到成本，我们一定是向前（未来）看，而不是向后（过去）看的。所以，沉没成本不是成本。

对于我们来说，真正难的，不仅在于理解这句话的意思，更在于生活中我们能否当机立断，真的去实践它。

例如我们看电影，坐在电影院里15分钟、20分钟后，就能知道这部电影好不好看。虽然电影票已经买了，但如果这部电影不好看的话，最合适的做法就是马上离开。因为买电影票的钱已经沉没了，不再是成本。但是有多少人会在电影播到20分钟的时候，就当机立断站起来离开呢？

在餐桌上，很多人觉得被动了筷子的食物，就应该吃完才算不浪费。但其实桌上饭菜的制作成本已经沉没了，真正值得掂量的，不是饭菜的制作成本，而是吃和不吃的后果。它们配被你当场吃完吗？

谈恋爱同样也是这个道理。大多数人谈恋爱，半年之后就过了恋爱的盲目期。这时已经能够理性判断，这段感情是不是真的适合。但又有多少人能够果断地提出分手呢？

（图/木木）

休息也要有尊严

□方湘玲

一次假期,故宫又迎来了熙熙攘攘的游客,刚上任故宫博物院院长的单霁翔也跟随在人流中。快到御花园时,年近六旬的他感到有些倦怠,就想到前面休息区小坐。当他到达休息区时,却发现为数不多的座椅早已坐满了人。因为椅子不够,还有很多人坐在石头上,就连御花园的栏杆上也坐了游客,有的直接坐在地上,他们的脸上看不到喜悦,只有疲惫和无奈。单霁翔心中很愧疚。

第二天,他在管理层会议上提出:"尽快添置1400把椅子,放在故宫每处合适的地点。"有人不解地问:"院长,有必要添加椅子吗?"单霁翔肯定地说:"非常有必要!游客们大老远地来参观故宫,有人可能一辈子只能来一次,他们都想尽情游览;当他们乏力时,却没有可供他们休息的椅子,只能当着来往游客的面,没有尊严地坐在不该坐的地方,如此他们还能尽兴吗?"这时,一位下属又提出了担忧:"只怕新椅子会和故宫的环境不搭调。"他的话也是单霁翔正在考虑的问题,大家一起商讨后,单霁翔提议:"定做实木椅子,实木与故宫整体建筑的格调很融合。"

不久后,1400把实木椅被整齐地摆放在故宫的诸多景点。看到游客们能坐在舒适的椅子上谈笑风生,单霁翔深感欣慰,他知道他们此刻不仅惬意,还不失尊严。

(图/木木)

一个人是否成熟看他被欺负时的样子

□剑圣喵大师

欺负人不算一种本事，学会战术性的"被欺负"，绝对是一种天大的本事。

《棋经十三篇》："古之善理者不师，善师者不陈，善陈者不战，善战者不败，善败者不亡。"善败者不亡，是一个人战术的最高境界。它的意思是，在强大力量前，不要拒绝失败，你学会失败时，不会被打得丢盔弃甲，被人欺负时，不会被打得遍体鳞伤。

诸葛亮为"善败者不亡"增加了新的解释，遇上失败，要抛弃自尊心，利用现有条件反击或者向敌人的敌人求助。他举了楚昭王被吴国打败逃秦借兵的例子。

实际上，把这个战术用到极致的，是诸葛亮一生的敌人——司马懿。司马懿说过："一心只想着赢的人，就真的能赢到最后吗？打仗先要学的是善败，败而不耻，败而不伤，才能笑到最后。"司马懿知道自己在战术上无法和诸葛亮抗衡，于是他选择消极避战，每次诸葛亮都能在局部地区小胜，但是诸葛亮多次北伐都没有办法赢得主导战局的军事成果，病死在五丈原，蜀国也耗尽国力。

诸葛亮打败曹真后，写信羞辱他，曹真被气死。当诸葛亮因为司马懿避战，派人送去女装羞辱司马懿时，司马懿却淡定地穿上，更在渭水边吟诵起了《出师表》。

这一神补刀反而伤到了诸葛亮，诸葛亮想起自己的雄心壮志，想起刘备的恩情。而这司马懿硬是躲着不出来，自己根本伤不了他，诸葛亮顿时情绪崩溃。

这就是善败的力量。

（图／小栗子）

先讲背景

□刘显才　陈凯锋

我给团队讲渲染顺序时曾经举过这样一个例子:"有一位左手大拇指断掉的男士,你愿意嫁给他吗?"在场的很多女孩子一听断了一根大拇指,纷纷摇头,有个别持进一步观望态度的心里也有了疙瘩。

然后我解释说,这位男士出生在一个条件比较优越的家庭,父亲是某市的市长,母亲是某国企高管,有个舅舅是香港某集团的董事长。虽然家境优越,但父母丝毫没有溺爱儿子。大学毕业后,为了磨炼他,就送他去了部队。因为身体素质好,他被选为特种兵。在一次执行任务时,他为了营救战友不幸被一条毒蛇咬到了左手拇指。在当时来不及就医的情况下,只得挥刀砍掉被咬的拇指。他因此退伍转业,现在在本市某国有银行就职,才28岁,前途一片光明。

请问此时,有多少女孩子愿意嫁给他?

不用我公布答案,你的心里就已经有了答案。

在接待客户时,很多置业顾问喜欢一开始就把顾客带到沙盘处,或者在客户的要求下直接向客户讲解小区沙盘,有的甚至见客户一进门问到户型图就马上按照客户的要求拿户型图或者带客户参观户型模型。问题就出在这里!

任何一个户型怎么看都是可以挑出毛病的,即使户型很完美,结合用户所在的楼层,可售的楼又会变得不完美。这种不完美就会导致客户犹豫。

如果我刚才不讲那位男士的背景状况,不讲他断指的原因,可能很多女孩子已经放弃了这位男士,正如你给客户一开始看户型图、看小区沙盘就有可能损失客户一样。

因此,一定要在给客户看户型图、看小区沙盘前先讲一下这个楼盘的背景,这个背景就是区域图和地段。

(图/木木)

我不允许你快乐

□[日]渡边和子　译/韩　慧　袁广伟

有一天，我的一个学生拿着一张她丈夫的照片来找我。她丈夫刚刚只身去了美国工作。照片中，她丈夫和几个男女朋友正开心地说着什么。

"太好啦，他好像已经习惯那里的生活了。"一听我这么说，这个学生表情严肃地说道："我又不在他的身边，他竟然还能过得这么开心，简直不可原谅。"他们的恋爱和婚姻都曾遭到父母的强烈反对，好不容易才走到了一起。当时结婚还不到一年，作为妻子的她在话语间流露出的与其说是寂寞，不如说是愤怒。

我觉得爱真是一件了不起的事情，但是真心去爱的同时也会带来痛苦，这种痛苦和没有爱人时的寂寞不同，这是因爱而生的寂寞和痛苦。自己不在爱人的身边，而他（她）却过得非常快乐。在生气的同时，我们流露出来的是"没有我的幸福是不能被允许的"占有欲和嫉妒。

尽管我们都希望能和相爱的人美满、幸福地过完这辈子，但是我们想把爱的人拴在身边一辈子也是不可能的。无论是父母对子女的爱，还是夫妻、恋人、朋友之间的爱，这都需要有觉悟。

以前的我认为若是相爱的话就应该把爱的人绑在身边，而自己也甘愿被爱的人俘获。然而，真正成熟的爱应该是经历了从"束缚之爱"到"解放之爱"的成长。

爱是需要成长的，这种成长是从总想两个人合二为一、总想看清所爱的人的所思所想渐渐蜕变为允许对方有属于他（她）的专属世界，两个人之间保持一定的距离，用信任将这距离填满的过程。

（图/豆薇）

开车的境界

□ 汪 政

丁师傅是一家企业的驾驶员，我偶然坐了他一回车，让我肃然起敬。

一上车，他就跟我打招呼，好像老熟人，也只瞄了一眼，低头把副驾驶的座位调了调，一坐上去，就觉得前后高低都那么合适，车上放着轻音乐，适合眯会儿。进入邻县，我发现他的车速、与非机动车和行人的距离、按喇叭和避让的方式都有了不同。他说，这儿与我们那儿不一样，这车也不能一样地开。

他说他一到陌生的地方，首先就是观察那里人的交通习惯，不但可减少发生事故的概率，也是让自己处在主动的位置，有了平和自在的心情。这些都是我以前很少听说的，这哪里是开车，简直就是文化。其实什么事情都是这样，到了一定的境界，不管大小、高低、深浅、贵贱，都会有文化，都能看出一个人的修养、品性和精气神。心到哪里，手就到哪里，车就到了哪里，那得要多少修炼。当车成了你的躯体，那车就是你了。这时，驾车就不是在驱动交通工具，而是与人相处，与环境对话。

丁师傅说，车开到一定程度，是想不到车的，想的就是环境，是怎么与道路上的人和车和谐相处。但我们开车的哪里是开车，整个是与周围的世界较劲。许多人，也就在生活的地方开车，但是，看不出与这个地方的情感、与这个地方的亲密关系，找不着路，却碰得着人。

这些，不是我这不开车的人能悟出来的，而是一个老驾驶员的开车哲学。

（图／信晓宇）

快活三里

□ 汪曾祺

登泰山，紧十八，慢十八，不紧不慢又十八。"十八"指的是十八里还是十八盘，未详。反正爬完三个十八，就到南天门了。

三个十八，爬起来都很累人。当中忽有一段平路，名曰"快活三里"。这名字起得好！若在平原，三里平路，有何稀奇？但在陡峻的山路上，爬得上气不接下气，忽遇坦途，可以直起身来，均匀地呼吸，放脚走去，汗收体爽，真是快活。人生道路，亦犹如此。

还米去时一尖碗

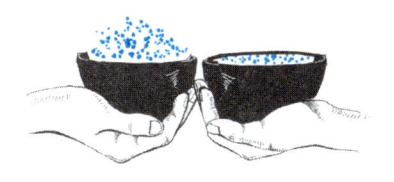

□郝金红

莫言小时候家里兄弟姐妹多，再加上当时经常歉收，因此，吃不饱肚子是常事。

九岁那年冬天，莫言家里断粮了。万般无奈之下，莫言的母亲只好去向邻居借粮。那天傍晚，母亲带着莫言捧着一只碗来到邻居家。邻居大娘端着一平碗米，小心翼翼地放到莫言母亲的手中，说了一句："也只有这么多了，拿去充个饥吧！"

到了第二年秋收的时候，莫言家里有了一些余粮。母亲就要去还邻居家的一碗米。还米时，盛米的还是去年借米的那只碗，莫言却看见母亲还了邻居家满满的一尖碗米。待还完米回来，莫言问母亲："妈，去年咱不是只借了一平碗米吗，干吗还米时你盛了一尖碗？"母亲摸着莫言的脑袋说："你大娘去年家里也没有余粮，她能借我们一碗米，已是大大的善心了，我们还她一尖碗，其实也没多出多少，不过是表达咱的感念罢了。如果一个人不知道感恩于人，困难时又怎会有人相帮呢？"

借米来时一平碗，还米去时一尖碗。一个人对另一个人的影响，不在于夸夸其谈的说辞，而是生活中那些低到尘埃里的温暖细节，以及细节里蕴藏的一颗感恩之心。

（图/木木）

"巨人桉"为何成废柴

□黄小平

在巴西亚马孙河流域，生长着一种桉树，名叫"巨人桉"。叫它"巨人桉"，是因为它是当今世界上最高、最大、生长速度最快的树种。它的树高达到120多米，树身胸径超过3.5米，只需10年，就可以长高25米。

"巨人桉"为什么如此高大、生长速度如此之快呢？据科学家考证，所有"巨人桉"的树心都是空的，树干只是靠一层15至20厘米薄薄的树皮支撑起来。原来，"巨人桉"疯长的，只是那层薄薄的树皮，它那参天的高大，也是靠那层薄薄的树皮"撑"起来的。

按说，这么高大的"巨人桉"，是上好的栋梁之材。然而，莫说做栋梁之材，就是做普通的木材，"巨人桉"也不够格，这种只长表皮的树，在当地，只能用来当柴烧。

玫瑰花还是骆驼刺

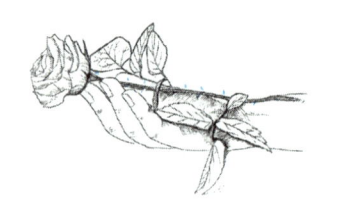

□西 梅

大漠边上有一个小花园，花园里栽了一株玫瑰。栽种时这株玫瑰还是幼苗，没开过花。花园主人一直期待着这株玫瑰能早日开花，却一直未能如愿。于是主人问玫瑰为什么不开花。

"我为什么不开花？"那株玫瑰反问主人，"我为什么要开花呢？那些骆驼刺也没开啊。"

"可你不是骆驼刺。"

"我怎么不是骆驼刺呢？我和它们一样，也满身是刺。"玫瑰回答。

"不对，你是玫瑰，应该开花。"花园主人极力劝说。

但不管花园主人如何解释，这株玫瑰始终坚信自己就是骆驼刺，不可能开花。花园主人只好又买了一株玫瑰，栽在了花园里。原来那株玫瑰看到新来的伙伴高兴极了："又来了一株和我一样的骆驼刺，太好了，这样我就不寂寞了，其他那些骆驼刺离我太远了，连个话都说不成。"

春天到了，新来的这株玫瑰如期开花了。那一朵朵娇艳欲滴的玫瑰花实在太漂亮了，一直认为自己是骆驼刺的这株玫瑰不禁连连惊叹，枝芽上流出了激动的泪水，心中充满了对美的无限向往，于是不久之后，她自己也鲜花满枝了。

(图/木木)

防偷吃的毒招

□徐文兵

旧时糕饼店为了防范穷人家出身的伙计偷吃糕点，有一个毒招，就是在伙计上班头一天，早上中午都不给饭，等到了晚上，伙计饥肠辘辘的时候，端上刚出炉、热腾腾的用麻油、红糖、鸡蛋做的糕点，让伙计敞开了吃，吃完了就睡。

结果呢，穷伙计们半夜起来不是吐就是泻，以后别说偷吃糕点，见了糕点、闻见糕点味都会恶心。那些不吐不泻的更惨，别说不吃糕点，吃别的饭都不香了。这样一来，糕饼店老板对伙计，那是一百个放心了。

球

□尤 今

孩子在父母的眼中，永远是球。小时候，孩子是水晶球，小心翼翼地捧在掌心里，手太松怕它掉落，手太紧又怕压碎它。年龄稍长，孩子是雪球，搓在手里，爱在心里，把它搓得结结实实的、圆圆胖胖的，为它挡阳遮雨，永远把它放在最恰当的温度里；当阳光肆虐时，宁可自己化成地上的一摊水，也不愿雪球融掉一丁点儿。孩子入学后，又成了父母的橄榄球，就算自己跌得鼻青脸肿，还是紧紧地把橄榄球搂在怀里。等孩子成人后，当它是高尔夫球，为它做足一切准备工作，把它推到成功的最高峰。

许多孩子成长之后，亦把父母看成是球，不过，是截然不同的球。当父母身体健壮或者有很好的经济能力时，他们视父母为篮球，你争我夺；当父母日益老迈而无法为他们当保姆或是失去了经济能力时，他们便当父母是排球，推来推去；等疾病缠上父母身时，他们便把父母当足球了，踢得越远越好。最后，当父母成了升天的气球时，他们才如释重负地松了一口大气。

然而，他们不知道，在他们身边自小默默地承受无言身教的下一代，亦在静静苦练打排球和踢足球的技巧，一旦长大成人，便学以致用。

（图／木木）

欢喜

□一行禅师

我四岁的时候，母亲每次从集市上回来，都会给我带回一块香蕉叶包裹着的点心。我会跑到屋子前面的场地上，咬上一小口，抬头看看天空，然后用脚碰碰小狗，再咬上一小口。有时候吃掉一块点心要花上半个小时或者四十五分钟。我不想将来，也不悔过去。我全然地身处当下，跟我的点心、那狗、那竹林、那猫以及那万事万物待在一起。

就像我童年吃点心那样，慢慢地和欢喜地吃饭，这也是可以做到的。或许你觉得自己已经丢失了童年的那块点心，但我确信它还在那里，还在你心灵的一角。一切都还在那里，如果你真的想要，你还可以找到它。

花香即语

□ 程　刚

这一天，将军回京述职，在庙里借宿。在与住持闲聊时，说前线战事紧，需要一个帮手。住持说，他的两个徒弟可以从中选一个。将军很高兴，表示这几天考察一下。

几天过去了，他发现大徒弟非常好客，而且语言口才十分好，天天与将军研讨兵法，讲述自己对前线战事的认识。而二徒弟相对来说有点儿木讷，不善言谈，将军和他谈事，问一句说一句，显得很死板。

这一天，朝廷派人来接将军，到山下了。将军决定最后考察一下他们，选其中一位带走，便对二人说："朝廷接我的人马上就到了，你们现在想一想该怎么办。"

大徒弟想了想，立即对将军说："朝廷来的都是命官，一定要隆重不失礼节，我想这样安排……"

二徒弟这时不见了人影。过了一会儿，却领着朝廷的人进来了，然后便退了出去。

下午，住持陪将军在花园里赏花，将军表明想带大徒弟下山，可住持一笑，却希望他带二徒弟下山，将军不解。住持指着花儿对将军说："将军，花儿不语，但它的花香告诉我们，它经过了努力，最终实现绽放。"将军若有所思，但还是不明白住持何意。

住持看出了将军的疑惑，解释说："今天朝廷来人，你我都没安排，但二徒弟把客人接了上来，安排吃饭、住宿井井有条，这样的人值得信赖。"

将军顿悟。

（图／小粒团）

无论好坏，善待便是

□ 余秀华

一年里，秋天是最具备植物性的。一个人年轻的时候多半是动物性，只有老了，才具有了植物性。有了植物性，大地从容，生命也从容了。一根枝条垂到地面，不过是弯曲起来重新向上。一个人跌倒了，不过爬起来，继续走路。生命就是这样一个过程。无论好坏，善待便是。所谓的善待就是你跌倒的时候根本不需要看看四周有没有拉你的人，而是已经用这个观察的时间爬了起来。

最好的管理

□赵元波

古代军队秘密行动夜袭敌方营寨时,为了在黑暗中让己方的人马保持安静,不出声音,避免惊扰敌人引起对方警觉,达到突然袭击的效果,古人发明了一种奇特的管理方式:让己方的人马"人衔枚,马勒口",通俗一点儿讲就是让士兵们嘴上横衔着像筷子一样的东西,嘴里衔着东西,就无法说话了,用器具夹住战马的嘴,战马就叫不出声来了。谁出声,谁的战马鸣叫,事后都有据可查,可以追究相应的人的责任。这样一来,人人都管住了自己的嘴,约束好自己的战马,谁也不敢大意。

几千人马在晚上行动,要保证所有的人、马不出声音难度很大。人多的时候,总是免不了有人会说话,黑灯瞎火的,也不知道是谁说话,事后也无法追究当事人的责任,那该怎么办?军官直接呵斥?声音更大,更容易暴露自己。管得了人,却管不了马呀!马忍不住嘶鸣,就那么一声,就会导致前功尽弃,功亏一篑,偷袭肯定失败。

有了"人衔枚,马勒口"这一管理方式,可以保证人马都不出声。即使出声了,也可以追究责任,事后予以重罚,那一定是你嘴里衔的"枚"掉了,才张嘴说话的;战马鸣叫,那一定是没夹住战马的嘴,马的主人就逃不了干系。最好的管理,永远是"错位"的,重在管事,而不是直接管人。

(图/鹿川)

最后的抚摸

□不良生

母亲的手,在她走的两天前最后一次抚摸过我的头发。

那时母亲已坐卧难安,整日闭着眼昏沉嗜睡却无眠。有一天她坐着,低头弓着腰身,呼吸短促困难,手脚和四肢都在发抖。母亲喃喃说:"我怕是不行了。"我伏在母亲腿上搂住她,想给她一点儿稳定气息的力量。

母亲早已全没有了精气神,这时却抬起手,轻轻为我掸去头顶一小片不知从何处沾染来的毛屑。然后母亲又坐着闭上眼,恍惚睡去。

她太累了,却仍顾及要为孩子擦去最后一点儿灰尘。

医生的哲学

□寇士奇

一个医生告诉我，有些人长了一个小小的肿瘤，凄凄惨惨地死去了；有些人带着一个大大的肿瘤，却嘻嘻哈哈地活着。他的结论是：肿瘤是否大不重要，心是否大，能否盛下肿瘤才重要。

一个医生告诉我，有的病人一见面就涕泪横流，跪地磕头，连呼救命。但一旦出现问题，便立即翻脸，胡打乱闹。他的结论是：凡是拿自己的尊严不当回事的人，肯定拿别人的尊严更不当回事。

一个医生告诉我，有些病人意志坚毅，心境开朗；给他们看病时，能使自己受到强烈的感染，精神开始振奋。他的结论是：不但教学能够相长，医患也能够互补；这样的病人是一种特殊的医生，能给医生治病的医生。

一个医生告诉我，有的平时生活方式健康的病人对药物非常敏感，往往几片药就使小恙痊愈。他的结论是：这些病人有一种特效药，这种特效药不在别处，就长在病人自己身上。

一个医生告诉我，本科病是医生最熟悉最有把握治疗的病，医生却最容易得本科病。比如治肾病的爱得肾病，治心脏病的爱得心脏病，治精神病的爱得精神病。他的结论是：无论是有意识还是无意识，你都在吸引着长期关注的事物成为你存在的一部分。

（图／曹黑黑）

习惯的养成

□冯 唐

能戒烟，无事不可成。连烟都能戒的人，要敬畏。

我老爸十三岁开始抽烟，抽到八十三岁，时常说，没力气，头晕。我动过念头，逼他戒烟，但是每当看到他抽烟时得意的样子，还是不忍心，唠叨几句"您还是少抽点儿吧"，就算了。后来老爸走了，走得挺安详，没受什么罪。我一直嘀咕，我是做对了，还是做错了？

在能否成大事这点上，我反而相信后天大于先天。聪明、文笔、书法等，先天起决定作用；能否成事，很大程度看习惯，特别是能不能对自己狠，习惯的养成，后天重于先天。

那些能戒、能自己消化戒断综合征的人，基本都是能成事的人。

"知"与"不知"

□刘 凌

《唐国史补》讲过这样一件事：一窦姓大户，家业兴盛，主事人听医生说："白麦麦性平和，不发实热证。"因此，家人恣意食用。为其供应米面者，趁机高价售其"白麦面"。几年来，窦家也的确无人发过高烧。后来，有人告发，供应"白麦面"者卖假货——那只是平常的麦子面，并非真正的白麦面。不知则已，了解实情后，窦家弟侄辈几家人，一时之间都突发高烧生病。真有点儿"疑心生暗鬼"的味儿。

也有相反之例，如《庄子·达生》中所言："夫醉者之坠车，虽疾不死。骨节与人同，而犯害与人异，其神全也。"同样是从马车牛车上掉下来，常人往往死伤，而醉酒者却常常保全性命。

两件事包含的道理似乎是一致的："死生惊惧不入乎其胸中"者，面对危险，心神饱满，无所畏惧，依其本能应对，虽遭险境也能减少伤害；反之，临危之时，心生懦弱，反而越容易受到伤害。有人说，现在因癌症致死者，有近一半人是吓死的。如此想来，此话真有些道理。

怎么做一次自我介绍

□罗振宇

最近，我们公司的总裁脱不花去上了一个学习班，其中有一个环节，就是要做自我介绍，每个人一分钟。这么短的时间能说啥？无非是姓名、职业、会干什么等。

但是其中有一位同学的自我介绍是这样的。他说："我研究了你们每一个人，谁，那年你在那个城市的时候，我也在那个城市；谁，你在干什么的时候，我就在你隔壁那栋楼；谁，我们共同认识谁……"最后说到脱不花的时候，他说："我不认识你，但我是得到App的重度用户，我还推荐给了很多人。"你看，这么一轮介绍下来，一分钟，底下是掌声雷动，成为当天最好的自我介绍。

这件事给我两个启发。第一，在陌生人那儿要想建立一个好印象，最好的方式其实不是美化自己，而是把自己放到一个和对方有关的网络里面。

第二，一个人在做一件事之前，做超乎寻常的准备，总会赢得尊敬。

西字脸与狮子皮

□袁 政

《古今谭概》辑录一则逸事。元文宗时,有川知州,面大横阔。时人嘲曰:"裹上头巾后,就成'西'。"宦官听后,说与皇帝一哂。后来,川知州上殿有所奏。皇帝想起宦官的话,大笑说:"卿所奏不必宣读,朕留览。"退朝后,川知州说:"皇帝很高兴,可见我的奏札符合上意呀。"

川知州的得意,来自缺乏自知。真的就以为自己的奏札合上意,殊不知,是自己的"西字脸"逗得皇上一笑。怎么会愚蠢到这种地步呢?还不是因为不知道自己的斤两,自我感觉良好使然。其实,这种心态是一种自负。有了这种自负,如若再向前一步,被美好的"幻觉"所迷惑,从而自我做了英雄鉴定,胆气愈豪,甚或顾盼自雄,睥睨天下,那就更危险了。

《郁离子》中讲过一个蒙人:蒙人穿着狮子皮来到原野,老虎看到他就吓跑了。蒙人于是以为老虎惧怕自己。次日,他穿着狐裘去原野,又碰上了老虎,老虎轻蔑地看着他。老虎不怕他了?他有些生气,就大声呵斥老虎;可老虎不买他的账,反把他吃掉了。

总是自我感觉良好是愚蠢的,自造的美好幻象会让人迷失自我。

(图/李坤)

今天注册,后天想成首富

□吴晓波

七十余岁的曹德旺数十年不露声色隐忍自胜,徐图自强。曹德旺不喜欢快,或者说,他是一个拥有"慢"心态的人。他不太相信速度,不太相信奇迹,他认为需要慢下来,他认为一件事情可能需要花十年、二十年才能完成。

我问他:"你做了四十多年企业,现在接触一些80后、90后的创业者,你觉得他们跟你有多大的区别?"曹德旺说:"现在的年轻人跟我们那一代人不一样了,今天注册公司,最好明天上市,后天成为中国首富,这就是他们的想法。我跟他们讲不要这样做,这么年轻,如果变成首富了,到三十多岁以后怎么办,做什么呢?什么都厌倦了,不做人了,要去做神仙了。"

比喻

□［法］福楼拜 译/李健吾

写书就像建金字塔，要有深谋远虑的规划，要把一块块巨石摞在一起，要经过耗时耗力的卓绝苦役，而所有这一切都没有什么目的。它仅仅就那样矗立在沙漠里。

我就像一根雪茄，你必须用力吮吸，才能让我保持燃烧。确实，很多事情使我愤怒。当我停止愤怒的那一天，我大概就会直挺挺地倒在地上，就像被拿走了支撑物的玩偶。

人就像食物。在我看来，许多人就像清炖牛肉，没有汁水，没有味道。另一些人则像淡水鱼、牡蛎，像小牛头肉或糖粥。我？我就像软塌塌、臭烘烘的芝士通心粉，你必须品尝很多次才会爱上这味道。你最终会爱上它，但这只可能是它把你的肠胃无数次搅得翻江倒海之后的结果。

我为自己善用比喻而感到苦恼。我被比喻吞噬了，它们就像咬人的虱子，我终日要做的，就是捏死它们。

（图/曹黑黑）

喂狗的启示

□赵倡文

和朋友在大排档喝啤酒。一只狗儿游荡于座位之间，寻找地上的残羹剩饭，不时遭到人们的呵斥。

朋友见狗儿可怜，便给狗儿丢了一小块鱼骨。狗儿看了看朋友，小心翼翼地过来吃掉了地上的鱼骨。朋友见状又扔了一小块，狗儿放心地吃了起来。

这时，朋友的善心大发，夹起整个鱼头给狗儿扔过去。还没等鱼头落地，狗儿早已夹着尾巴跑到了十米开外。

过了一会儿，狗儿实在禁不住诱惑，逡巡着又慢慢走近了鱼头，闻了闻，见我们没有恶意，这才放心大胆吃了起来。

朋友说："我给狗儿扔个大鱼头，它还以为我要用东西砸它呢。"原来生活中的道理是相通的。做好事也不能太过火了，过火了就会给人造成误解，还会以为咱别有用心。

爱鸟的人

□沈岳明

有一位60岁的老人,原本在城里过着悠闲的生活,却跑去乡下植起树来。十数年如一日,他让几千亩荒山,变成了森林。有人不解地问老人,在城里生活多好啊,为何要跑去乡下植树呢?老人说,因为爱鸟。

"原来的荒山不但没有树,更没有鸟,现在的山上,不但有了树,而且有了鸟。"老人高兴地说。老人的愿望很简单,那就是每天都能看见鸟飞,听见鸟鸣,就是这么个简单的愿望,让老人坚持要植树的。因为有了鸟儿的陪伴,老人觉得自己的人生,也有了意义。

每到一个小区,我都会遇上一些喜爱鸟的人。那一个个精美的鸟笼,被吊在阳台上,笼里住着各种各样的鸟儿,随着鸟儿的跳跃飞撞,鸟笼也会不停地晃荡,像风铃,却没有风铃清脆的铃音,像灯笼,却又没有灯笼的光亮。我好奇地问那些喜爱养鸟的人,为什么一定要养鸟呢?那些人说,因为爱鸟。他们说,每天早晨,最幸福的事情,就是在鸟鸣声中醒来。每天上班前、下班后必干的事情,就是给鸟儿喂食、喂水。因为有了鸟儿,从此家里便热闹起来,生活也就有了意义。

只是,让我不明白的是,为何同样是爱鸟,有的人给了鸟儿一片森林,而有的人却给了鸟儿一个牢笼!

(图/曹黑黑)

谈情说爱

□王彦明

如果年少时的爱情,尚有一丝纯粹,那么年长时的爱情,就更多地带有世俗抹不去的痕迹。没有柴米油盐,总是让人感觉不那么放心;如果爱情不能在日常的生活里找到一个支点,一切都会复归岑寂。显然没有一对恋人,可以依靠爱情保持生命的新鲜感,而激素的刺激也是有限的。如果刺激得太频繁,人的兴奋点被无限地拖向深处,那么爱情的堡垒自然就显得脆弱不堪了。

如果爱情不是彼此滋养,不是彼此照耀,那么消失就是迟早的事情。期冀一方无休止地付出,或者仅以感官刺激延续,那么审美疲劳就会成为爱情的坟墓。

先知足而后感恩

□张君燕

虚云禅师是民国时期有名的高僧。有一次，行走在四川某地时，虚云禅师在一座小寺庙里暂住。寺庙旁边有两户人家，一户人家家境殷实，另一户人家却很贫寒。两户人家各有一个儿子，殷实者给儿子的都是最好的东西，儿子有任何要求，他都会尽力满足。相比之下，贫寒者就寒酸得多，儿子能够勉强吃饱穿暖就是最大的福气了。虚云禅师曾对家境殷实者说："家虽有余，予子却不必多，否则如无底之洞，永无满足。"殷实者颇为不屑，暗道：无底之洞又如何？儿子要再多我都能满足。

不久，当地暴发一场瘟疫。殷实者患病卧床，儿子非但没有在床前伺候，反而责怨父亲再也无法如从前一样满足自己。相反，贫寒者患病后，儿子伺候床前，端茶倒水，照顾得无微不至。

殷实者不解地问虚云禅师："他提什么要求我都会满足，为何他却没有感恩？难道我付出的还不如贫寒者多？"

"付出不在多寡，而在于让孩子懂得知足。知足则平和满足，一衣一饭都当欢喜；不知足则怨怼丛生，永远想要索取更多，又何来感恩呢？故先知足而后感恩呀！"虚云禅师叹了口气说道。

（图/小栗子）

如何成器

□江北汉

高缭在晏子掌管的单位做了三年办事员。三年中，晏子安排的一切任务，他都较好地完成了。然而，一天晏子却对他说，到财务处把工资结了，卷铺盖回家吧。

高缭被炒鱿鱼了！很多人想不通，他哪里做错了？晏子说，三年了，高缭从来没向我提过哪怕一项建议，也没当面指出过我哪怕一次错误。众人慨叹：原来，这也是错啊！

晏子说，这就是错。这人啊，就像一根木头，需要木匠精心打造，不断修理，才能成为一件有用的器具。于高明的领导而言，员工便是助其成器的木匠。

你想象不到语言有多么简陋

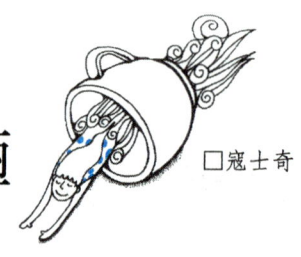

□寇士奇

有这样一件事：一个冷酷无情的人，嗜酒如命且毒瘾很深，一次在酒吧里因看一个侍者不顺眼而犯下杀人罪，被判终身监禁。他有两个儿子，年龄相差才1岁。其中一个同样毒瘾甚重，靠偷窃和勒索为生，后来也因杀人而坐牢；另外一个儿子却既不喝酒也未嗜毒，不仅有美满的婚姻，还担任一家大企业的分公司经理。在一次私下访问中，问起造成他们现状的原因，两人的答案竟然相同："有这样的老子，我还能有什么办法？"

战国时期，某诸侯王看见一位老木匠在干活，见他技艺娴熟灵巧，所做物件十分精致，大加赞扬。老木匠听后不喜反忧。诸侯王问询，老木匠答："我一死这技艺就失传了，再也不存在了。"诸侯王说："可以传给你的儿子呀！"老木匠答："传不了呀！有许多细微的动作和窍门，连我自己都说不清楚，儿子怎么会领悟呢？"

从这两件事我们看到了什么呢？第一件事显露了语言的遮蔽性和含糊性，在一样的词语里常有不一样的内容；第二件事展示了语言的无力和虚弱，它对存在的微妙和精细之外往往难以言说。

（图/曹黑黑）

吐丝的蜘蛛与吐丝的蚕

□黄小平

"你吐丝，我也吐丝，可我们之间的差别是多么大啊！"蜘蛛不屑地对蚕说。

"差别在哪里呢？"蚕问。

"你吐丝结茧，是缚住自己，我吐丝结网，是去缚住别人，缚住利益和好处。"蜘蛛嘲讽道，"你看看，你是多么愚不可及啊！"

"你看到的只是眼前的利益，又怎么看得到高远的理想呢？"蚕反讥道，"我吐丝结茧，不是缚住自己，而是隔开尘世的喧嚣和诱惑，给自己一角安宁和清静，去孕育自己的希望和梦想。也许，这才是我们之间真正的差别！"

吐丝去缚住别人、缚住利益和好处的蜘蛛，最终也缚住了自己，成为蛛网中一只终身的囚徒；而吐丝去编织梦想的蚕，最后成为一只破茧而出的蝶，拥有着飞翔的自由。

订书针暴露了特工

□李志辉

二战期间，德国训练了大量特工，通过空降潜入苏联境内。

这年，苏联克格勃抓捕了一名可疑人员，此人自称是电气工程师，但克格勃认定他是德国间谍。克格勃官员苏科洛夫查看了他的身份证和工作证，没有发现问题；请来专家和他谈电气方面的事情，此人也对答如流，找不到可疑的地方。

因为找不到证据，克格勃打算放了他。此时，苏科洛夫拿着这人的证件和苏联人自己的十多本证件仔细比对，突然他兴奋地站起来，说："他就是德国间谍，把他关起来。"

原来，问题就出在证件上。苏联制造的证件中缝是用普通的订书针装订的，而德国制造的证件用的是不锈钢订书针。苏科洛夫查看了十多本苏联制造的证件，证件上的订书针无一不生锈，而那个"电气工程师"的证件，封面都磨损了，订书针却锃亮如新。苏科洛夫正是从这一细节中认出了间谍。凭着这个细节，克格勃抓获了170名德国间谍，重创了德国布在苏联的情报网。

细节决定成败，造假能力一流的纳粹情报局没有想到，一枚小小的订书针让他们暴露了。

(图/曹黑黑)

贼马

□陆春祥

某人非常喜欢骑马。他曾经买了一匹马，骑着它出了广渠门。刚一出城，前方来了一辆大车，这马看见了，长嘶一声，就横在马车前。马车的群马见了它，都不敢前进。这马屹然而立，某人不知所措。仆人却心里有数，就将衣物解下来，远远地抛给他的主人，主人接着衣物，更加莫名其妙。

那马见骑者已得到东西，迅速向前飞奔而去，跑到旷野无人处，此马才停下，前蹄跪着，趴着不动，温驯无比，某人才得以从马上下来。

某人问了仆从，才知道他买的是盗贼用过的马，就是盗贼用来劫人财物的，这马已经养成习惯了。动物训练久了，自然会养成习惯。

你和世界不一样

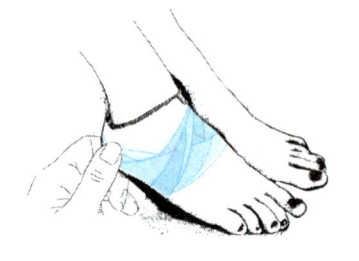

□韩鹏大魔王

上学的时候，有一次脚不知道怎么了，一用力就会疼，所以挂号去医院看。

排在我前边的是一个四五十岁的阿姨，脚踝处包着纱布，还系了一条红绳。

医生一看到那个阿姨也没多说，就指了指床，"坐下我给你换药。"

拿过药之后，医生看了看阿姨脚腕的红绳，哭笑不得地说："你怎么又系上个红绳啊，我都说了这不好使，你只要遵医嘱，我保证你不出一个月就能好。"

说着，他直接把红绳剪断了。

阿姨也有点不好意思，旁边的应该是她儿子的男生就说："我姥姥非得系上的，我也跟我姥姥说这是封建迷信。"

医生没什么反应，重新包上药之后，男生道了声谢就要扶着阿姨走。

医生说等一下，然后就跑出去了。

过了一会儿，他拿着一条红布回来，缠在阿姨的脚腕处。

"回去和老母亲说，这是医院的红布头，效果特别好。"

每当我看到医患关系新闻的时候，就会想起这件事来。

其实还是有人愿意将这个世界变得更好的。

（图/木木）

什么是爱情

□梁凤仪

有选择的情况之下，仍然挑选对方，这就是爱情。

精神上永远不离不弃、舍不得在脑海里删除对方，舍不得在心上遗忘对方，这就是爱情。

彼此相爱，而非单方面的自作多情，这就是爱情。

重要的是肯为爱对方而牺牲自己的所有利益甚至是生命，这就是爱情。

更重要的是接受了无穷的考验，受尽了无数的委屈，仍然坚持对对方的感情，这就是爱情。

简而言之，在人世间的一天，都感受到自己对对方的爱，这就是爱情。

生活时刻

□一行禅师

在我小时候,越南人的生活与现在大不相同。无论是生日派对、诗歌朗诵会,还是某位家人的忌日,都会举行一整天,而不是几个小时。在那一天,你随时可以来,随时可以走,不用汽车,不用自行车,只用两条腿走。如果你住得很远,那就在前一天出发,途中在朋友家过夜。无论你什么时候到达,主人家都会欢迎你,并且热情招待。只要来了四个人,就可以坐成一桌,开始用餐;如果你是第五个到达的,也没关系,只要再等三个人,就可以和他们一起吃了。

汉字中的"閒(闲)"字,以"门窗"为框,里面是个"月",寓意只有那些真正悠闲的人,才有时间赏月。而如今,大部分人都没有这样奢侈的悠闲时刻。虽然口袋里的钱更多了,物质生活也更丰富了,我们却没有以前快乐了。而之所以如此,仅仅是因为我们没有时间去享受彼此的陪伴。

但我们可以通过某种方式,让寻常的生活变得更有意义。比如,从最简单的事情开始,从专心饮茶,享受茶味开始。为什么要花两个小时去喝茶?从经济角度来讲,这样很浪费时间。但这与金钱无关。时间比金钱更为重要。时间就是生命,而金钱无法匹敌时间。在一起喝茶的两个小时里,我们挣不到钱,但可以拥有生活。

(图/木木)

戒欺

□吴翼民

当年,有位卖活杀鸡的摊主,倘若杀鸡取嗉囊,嗉囊有一包泥沙杂粮,他会对我歉意一笑,说声:"对不起,鸡的嗉囊太大了,退还两元钱。"回想那会儿,贪心鸡贩子给活鸡硬塞食物见怪不怪。我们这座江南城市,活鸡从江北浩浩荡荡贩运而来,未进城,那些鸡贩子就强行把鸡填得直翻白眼。我曾在报纸上见过一条新闻:"百万雄鸡过大江,一夜吃掉黄土山"。这本不是供应链下游的摊主朋友的过错,他却为此道歉,更自愿赔偿顾客。

我瞻仰中国工商巨子荣氏故居时,见到邓小平所赠一匾额,上有铁划银钩二字——"戒欺"。此乃真正的经商之道也!

温暖的手

□李安章

宋朝时，邯郸爆台寺有个云水禅师，是个盲人。有几个调皮的年轻人在爆台寺附近的村子装神弄鬼，一时间，闹鬼的传言传遍了附近的村落，搞得人心惶惶。

云水禅师不相信世界上有鬼，就在一个傍晚时分来到那里，他打算彻夜坐禅，以消除人们心头的顾虑。那几个年轻人纷纷窃笑，打算好好地整整他。半夜时分，他们故意轻轻地向云水禅师靠近，然后用手掌轻轻地放在云水禅师的脑袋上，口中还发出种种惊悚的"鬼叫"声。云水禅师却一点儿也不惊慌，只管喃喃念经。那几个年轻人见云水禅师一动不动，觉得很扫兴，就悄悄地离开了。

第二天，村民见云水禅师居然在这里坐了一夜的禅，就关心地问他："听说这里闹鬼，你怎么敢在这里坐禅？你没有遇见鬼吗？"云水禅师哈哈一笑，说："我没有遇见鬼，倒是遇见了几个调皮的年轻人，他们还把手放在我的脑袋上呢！"村民纳闷地问："你怎么知道那不是鬼？你根本看不见他们呀！"云水禅师说："我感受到了手的温暖和善意。鬼怎么会有那么温暖而善良的手呢？"村民们这才明白过来，所谓闹鬼，只是几个调皮捣蛋的年轻人在作怪罢了。

那几个装神弄鬼的年轻人，听说云水禅师居然称赞他们"温暖而善良"，非常惭愧，再也不出来调皮捣蛋了。

（图/鹿川）

潇洒才年轻

□张　剑

如果人刚到中年就越来越刁钻乖戾、暴躁易怒，看谁都不顺眼，动辄归咎责怪别人，喋喋不休没完没了，说明这人真的老了。而那种常口出良言，话出有度，简简单单，干干脆脆，懂得体谅，将心比心的人，才是真正的年轻。

所谓年轻，就在于一个"轻"，不纠缠，不钻牛角尖，飘然自若，如沐春风。

精神与灵魂潇洒之人从不会老。

（图/木木）

农民和大学生

□老 罗

昨天我在微博上看见有人说了一件事,感觉五味杂陈。

中国农科院的老师做科研,需要聘请科研助理,干提取DNA(脱氧核糖核酸)之类的工作。

本来这种工作"高大上",都是要聘用大学生来干的。

但是科研单位能给的报酬很低,刚刚毕业的本科生、硕士生拿着这笔钱,在北京付了房租,就剩不下多少了。

所以,农科院只好聘用郊区的农民。这些农民因为拆迁或者是租房,其实家里很富裕。每个月在农科院拿三千块,其实不是为了工资,他们更在乎的是,跟知识分子打交道和做科研的感觉。

所以,反而他们干得更认真。而且提取DNA这种工作,熟练工干的质量比研究生还高。

不知道你听到这件事啥感觉。是为大学生惋惜,为科研的未来担忧,还是突然看到社会分工正在发生重组:兴趣带来的驱动力,正在变得比受过的教育更重要……

(图/鹿川)

苦不传人

□祁文斌

饭局上跟朋友聊天,朋友说:在艺术上,"乐圣"贝多芬是一位天才,而从世俗生活的角度讲,他又实在是一个活得很苦的人,地位卑微,年轻时出现耳疾,四十多岁时完全失聪,感情屡屡受挫,终身未婚……但是,有一点令人惊叹:自身痛苦不堪的贝多芬从来不把个人的痛苦带到作品中去,人们从他的音乐里感受到的,只有爱、愉悦、希望和力量。

眼光便瞄到桌子上的一盘菜——酱烧苦瓜。苦瓜之苦,尽人皆知,但苦瓜之苦"不传他物"。清代学者屈大均在《广东新语》中这样评价苦瓜:"杂他物煮之,他物弗苦,自苦不以苦人,有君子之德焉。"与贝多芬相同,那些像苦瓜一样的人,苦己不苦人,是一种大格局、大气度。

在另一端放点儿相反的东西

□寇士奇

  土耳其大富豪萨班哲有两多：一是占有的财产多，庄园和产业几乎覆盖了土耳其大部分国土。二是得到的赞誉多，他走到哪里，身边都被鲜花簇拥，被掌声环绕，被拇指包围。

  奇怪的是，萨班哲却供养着一群土耳其最好的漫画家，用来丑化自己。在一间大厅里，他让这群漫画家随心所欲地画他的漫画。谁画得最丑，谁就能得到一笔奖金。结果，萨班哲的每一个丑陋之处，都被无限地放大和夸张。这群漫画家整天绞尽脑汁，挖掘着萨班哲的丑陋之处，甚至一颗小痣，都被演变成黑鸦的脑袋。

  人们大感不解，议论纷纷，有人认为这是一种怪癖；有人分析萨班哲是得了心理疾病，有人猜测他是为了追求另类。

  其实，什么也不是。萨班哲只是想在盛赞的另一端，放上点儿相反的东西。明智的萨班哲知道，只有这样，才能平衡自己的存在，稳定自己的生命，使心态不至倾斜或膨胀。自己放，既磨炼神经，调剂生活，又凸显大气；别人放，那就未免孟浪唐突，很不让人好受了。

  绝大多数人不是富豪，也不是成功人士，肯定受到过不少轻蔑与挫折。在生命的另一端，是不是也该放些相反的东西呢？

(图/曹黑黑)

搬凳，脱鞋

□丰子恺

  奇怪，人离了娘胎，手指能一屈一伸，便懂得抓东西。孩子两条腿还没站稳，尽管颤颤巍巍，东歪西斜地能跑上两步，便高兴搬——哪管是积木、饼干罐、小凳，总要拿起来，搬上一搬。唉！会抓会搬，还罢了，居然还会扔，小脑袋里，不知道什么灵机发动，说扔就扔，管它是玻璃、手表、石头，一律向着任何目标丢去。于是，小鞋落在饭菜碟上，小凳跌入汤盆里，急得大人直跺脚，大骂小打，也抢救不及。小孩子呵！却总"提得起放得下"十分爽快。

  当提得起放不下，或懂得选择才提起放下时，人就长大了。你会说："那就不爽快啰！"嗯！也许。

两小时能做什么

□燕子坞主人

我曾是个宅男，每到长假，基本就是个被封印在床上的人。

直到有一年，朋友要去武夷山帮人照看青年旅社，邀我同往。我勉为其难地起驾了，随后三观立即为之一变。清晨打开窗户就是大王峰，月夜可以在玉女峰下游泳，心胸一开，胆子也大起来，竟在无人指引之下，独自从后山登临大王峰。一半路程都空山无人，多处悬崖竟没有护栏，旅程漫长得可怕。而当我豪气干云地下了山，发现竟只花了两个小时。

两个小时，只够看一部电影，只够睡一个午觉，但也可以用来完成一段难忘的旅行。我听闻大王峰至少二十年了，可征服它只需两个小时。来回路费也只有百余元，不够吃一顿大餐，却足以实现二十年的夙愿——只要你肯背起行囊。

寻常美

□亦 舒

喜欢在生活中用大围、普通、廉宜的用品，式样也越平常越好，坏了可以随时补充，亦无须心痛。

一生都没有最心爱的笔、最难忘的香水、最珍惜的故事或是最宝贵的首饰。

小友买到最最喜欢的水晶玻璃纸镇，爱不释手，不舍得用，结果被家务助理失手打烂。

活该，又一次证明阁下的宝不过是他人心目中的草。

若干行家因为写得少，特别把某部作品捧将出来，十分稀罕，各位，千万别透大气，有何闪失，当心有人前来拼命。

种花、养鱼，一听是名贵得不得了的罕有品种，立刻掉头而去，寻常百姓，负担不起，免得辛苦，非常乐意知难而退。

恋爱管恋爱，结婚管结婚，最笨的人才会同最爱的人结婚，天天战战兢兢，患得患失，如何做人？

衣食住行，一般也已足够，一生如此，夫复何求，长长久久，维持相当水准才重要。

下雨天

□汪曾祺

　　雨真大。下得屋顶上起了烟。大雨点落在天井的积水里，砸出一个一个水泡。我用两只手捂着耳朵，又放开，听雨声："呜——哇，呜——哇。"下大雨，我常这样听雨玩。

　　雨打得荷花缸里的荷叶东倒西歪。在紫薇花上采蜜的大黑蜂钻进了它的家。它的家是在椽子上用嘴咬出来的圆洞，很深。大黑蜂是一个"人"过的。

　　紫薇花湿透了，然而并未被雨打得七零八落。麻雀躲在檐下，歪着小脑袋。蜻蜓倒吊在树叶的背面。

　　哈，你还在呀！一只乌龟。这只乌龟是我养的。我在龟甲边上钻了一个小洞，用麻绳系住了它，拴在柜橱脚上。有一天，它不见了，不知怎么跑出去了。原来，它藏在老墙下面一块断砖的洞里。下大雨，它出来了。它昂着脑袋看雨，慢慢地爬到天井的水里。

旅人过河

□赵　文

　　一个人外出旅行，来到一条水流湍急的河边，站在那里束手无策。有个住在附近的人，看到他遇到困难，就走过来，爽快地把他背在背上，送到对岸。这人站在河边，觉得很过意不去，但正当他心里这样想的时候，看到那个人又回到对岸，继续把不能过河的人送了过来。于是，他走到那人身边说："现在我已经不再感激你了。根据我的观察，你有帮助任何人渡河的癖好。"可是，当他回来的时候，那人却不再背他过河了。

　　不应把别人的帮助视为理所当然，而应常存感恩的心，并且勉励自己也成为能助人的人。否则，以后就再也不会有你认为理所当然的事情发生了。

羞耻心来自他人

□冬　子

阴雨路滑，上山时摔了一跤，过程很短，动作很流畅，左肩和左腿胯部同时着地，声音沉闷而有力。这一跤摔得并不疼，也没蹭多少泥，姿势也很潇洒，很完美，三岁以后都没摔过这么大气了。只是遗憾的是，我摔倒后竟是条件反射地环顾四周，看看有没有人。真是奇怪，一个人也没有的时候，不疼不痒地摔一跤，像个在蹦蹦床上蹦跶的小宝宝，其实感觉挺不错的。但有人的话，好像就变得狼狈又尴尬了。看来确实，羞耻心和自尊心，皆来自他人。

"哪里都没有"还是"就在此处"

□陈荣生

英文中有这样一个词：Nowhere。

你会怎样拼读这个词呢？

你既可以将它读成"no where"，即"哪里都没有"；又可以读成"now here"，即"就在此处"。

在美国，在谈到"机会"这个话题时，你可以听到人们用这两种方式说这个词。有人把它说成机会"哪里都没有"，但也有人说机会"就在此处"。

那么，第二个问题就是：机会真的存在吗？我认为是的。

这里举个简单的例子：1937年，万豪酒店的老板威拉德·万豪发现，入住华盛顿机场附近酒店的客人都会购买餐食带上飞机。于是，他去拜访了东方航空运输公司，希望航空公司让万豪酒店给离港的航班提供包装餐食的服务。成功后，威拉德又说服了美国航空公司加入。不久之后，所有的航空公司都同意做这样的事。

最终，威拉德·万豪成立了万豪集团，该集团在一百多个机场为航班供货。

事实上，每一个问题都能够呈现出一系列独特的机会。机会的潜台词是："这个问题代表着一个大主意，你应该这样处置它。"

"这个问题还有更好的解决方法吗？"每当遇到问题时，试着这样问自己。

理想与现实

□刘墉

一

女孩子出国了，答应男朋友一年多后，修完硕士学位就回国成婚。

男孩子隔日一信，每周一通电话，不曾间断。当他知道女孩子感冒发高烧时，心焦如焚，在电话的那一头急得痛哭。他甚至隔着海跪下来，请女孩千万保重……

女孩子果然一年多就修到了硕士，并嫁给国外研究所的同学。

"他的爱情是让我感动！"女孩子对朋友说，"但是当我在大雪天走出教室，冻得浑身颤抖时，是我今天的丈夫的车，及时停在眼前。"

二

小岛上的原住民非常贫苦，他们甚至一天只能吃一顿。

政府送了谷子过去，并且派了农业专家，教他们耕种。

专家才走，岛民就把谷子煮成饭，吃光了！

"种谷子太慢，要等那么久才有得吃。还是我们原先种的芋头好，什么时候，不论长大了没有，拔起来，就能吃！"岛民说，"我们现在就饿啊！"

多么崇高的理想和伟大的爱情，都不能忽略现世和现实的需要！

（图/曹黑黑）

链子

□李良旭

小区里，有两条狗被各自的链子拴在两棵树上，它俩对着对方凶猛地向前扑着。可是，因为有链子拴着，它们根本够不着对方，只能徒劳地一次次地向前扑着、吠着。

有人在一旁惊叹："这两条狗真凶，如果没有链子，它俩肯定要打起来。"

狗主人笑道："它俩其实一点儿也不凶，因为它俩都知道有链子拴着，够不着对方，才敢这样强悍起来，要是把它们拴着的链子解开，它们就不会这样了。"

有人不信。狗主人将它俩的链子解开，它俩立刻低眉顺眼地跑到各自的树下，一副乖巧的样子。围观者大笑。

人生三悔

□小　燕

　　西汉韩婴在《韩诗外传》中记述了一件事：孔子某次在出行路上听到有人哭得很伤心，就跟弟子们到跟前去看，结果发现是皋鱼。孔子问："你家又没有丧事，怎么哭成这样？"皋鱼说："我人生中有三大过失：一是自小到处游学，没能陪伴照顾父母，结果回到家他们已经故去了；二是好高骛远，导致现在一把年纪了还一事无成；三是曾跟很多朋友交往深厚，现在却都断了往来。树欲静而风不止，我真是追悔莫及。"说完，皋鱼就死了。

　　皋鱼或许是生命走到尽头，所以忆及毕生悔恨之事；或许是过度伤心追悔，所以才耗尽了生命之火，总之，对孔子诉说的这番话，该是他这一生最真诚、最深刻的领悟了。

　　世人碌碌，所为何求？一切的拼搏努力，一切的夸耀争荣，一切的缠斗算计，终有一天会水落潮退，成为过去，那随之显现出来的堤岸，才是人生最真实的模样。子欲孝而亲不待，事业荒芜而青春已逝，汲汲营营却朋友凋零，皋鱼的人生三悔，我们又何尝不是"心有戚戚焉"？

　　引以为戒。

心浅，才有快乐

□黄小平

　　一次，我问一位长寿老人，他长寿的秘诀是什么。老人说，他的长寿来自他的快乐。快乐又是从何而来呢？我继续追问。

　　可老人却跟我谈起了水的涟漪。他说，涟漪是水的微笑，是水的快乐。大海里只有汹涌的波涛，没有涟漪，没有水的快乐。水的快乐，来于池，来于湖，当微风拂过，便漾起细碎的涟漪，漾起水美丽的微笑和轻盈的快乐。水的快乐，不在深邃的大海里，而在小小的池里、浅浅的湖里。

　　"一个人的心，过于城府，深不见底，是不会有快乐的。快乐，来自一颗浅浅的、容易满足的心。"老人说。

幽默的力量

□ 刘 墉

"我昨天打破了一只父亲心爱的茶壶。"一个学生对我说。
"令尊一定发了很大的火吧？"
"没有！"学生居然回答。"为什么？"我好奇地问。
"因为我知道怎么讲话。"学生说，"我打破茶壶之后，跑去对父亲说：'我为您泡了十几年的茶，今天不小心打破了一只茶壶。'"
"真是会讲话，令尊怎么回答呢？"
"我父亲也很幽默。他笑着说：'你打破了我的壶，得为我再泡十几年的茶。'""幽默真好！把残破变为完美，把可惜变为疼惜。"我说。

（图/木木）

谈判创造价值

□ 王文言

一个在犹太人中广为流传的经典故事是这样的：有人把一个橙子给了两个孩子，于是，这两个孩子便为了如何分这个橙子而争执起来。此时那个人提出一个建议，由一个孩子负责切橙子，而另一个孩子先选橙子。结果，两个孩子各自取了一半橙子，高高兴兴回家了。第一个孩子回到家，就把果肉挖出扔掉，橙子皮留下来磨碎，混在面粉里烤蛋糕吃；另一个把果肉放到榨汁机里打果汁喝，把皮剥掉扔进垃圾桶。

由此我们可以看出，虽然两个孩子各自拿到了看似公平的一半，可是他们的东西没有物尽其用，没有得到最大的利益。这说明，他们事先没有声明各自的利益所在，没有进行沟通与谈判，从而导致了盲目追求形式上和立场上的公平，结果双方的利益并未在谈判中达到最大化。

营销活动要面临许多谈判，在谈判过程中，应加强沟通，通过沟通创造价值，达到"双赢"。

肩膀与脑袋

□房西苑

学历较低的老板雇用了学历较高的总经理，这是常有的事情。

有一次，我就遇到了这样的情况，我的老板常常会不自觉地在我面前露出得意之情，仿佛在说："别看你的学历比我高，你还不是要给我打工？"

这种心态掺杂着优越感和自卑感，我能切实感觉到。

有一天，我终于把这层窗户纸捅破了。我对老板说："董事长，这个企业要生存得靠咱们两个人的贡献。我有学历和能力，我出的是脑袋；你是企业的法人，你出的是肩膀。你可以使用我的脑袋，但是脑袋毕竟是长在肩膀上的，企业的责任需要你用肩膀扛着。如果欠薪，雇员最终会找我算账；如果企业欠债，银行会找你讨债；如果企业要打官司，上法庭的是你；要是败诉了，要坐牢、赔款的还是你。我的脑袋比你聪明，所以我可以做总经理，但是我的肩膀扛不住上述压力，所以我当不了董事长。"

老板笑了，从此心态坦然。

（图/曹黑黑）

经霜

□马 浩

人间草木，菜蔬瓜果，一旦经霜，便由内而外地发生变化，变得内敛、温润、沉稳、朴厚、甘美。

霜叶红于二月花。与红枫相类的，还有乌桕、樱花树等。樱花树经霜之后，叶子悄然换作殷红，妩媚俏丽。大自然实在神奇。霜，看上去严酷、冷峻，骨子里却有着济世的热心肠。银杏树经霜之后，树树金黄，有着温暖初冬的华美。

果蔬之中，青菜经霜后，口感变糯了，少了春夏时淡淡的酸苦，多了些许的甘美。大白菜经霜之后，开始抱心生长。大白菜不经霜冻，就无法储藏。夏天的大白菜，放上两天就会发黑变坏。山芋、萝卜等，想要窖藏，也必须要经霜之后。柿子不经霜，青涩硬艮；经过霜打，色红如灯，汁肉软怡。

经霜，从某种意义上来说，也是一种历练。

笑容易，哭却很难

□倪 匡

人，尤其是成年人，不论受了什么样的伤害，都善于掩饰自己的感情，眼泪，只会往肚里吞，给人看的是毫不在乎的欢笑。然而，再倔强的人，一旦在自己的亲人面前，可以肯定这个人对自己的情爱，毫无保留之际，一样会哭，不但哭，而且会哭得十分伤心。

如果有人对你哭，而这个人平时又绝不是会哭的那种人，那么，就让他对着你哭个痛快。因为在那个哭的人心中，你就是他最亲近的人。

有人能在你面前哭，比只有人在你面前笑好得多。笑，谁不会？哭，有多么困难。

（图/木木）

带着小伤活下去

□[巴西]保罗·科埃略 译/夏殷棕

在冰川时期，许多动物都被冻死了。箭猪见此情景，决定挤在一起，相互取暖，可是它们身上的刺却刺伤了对方，于是它们只好分开，许多箭猪冻死了。

摆在箭猪面前的有两个选择：要么种群从这个星球上永远消失，要么接受身边其他箭猪身上尖利的刺带来的伤痛。

它们聪明地决定挤在一起。它们学会了带着一些小伤活下去，这些小伤是因为关系太密切而引起的，而最重要的是彼此的温暖，使箭猪度过了冰川时期。

人，其实应该比箭猪聪明。要学会带着亲密的人可能给你的小伤生活，毕竟彼此的温暖才是我们幸福生活的依靠。

箱鲀之死

□江东旭

箱鲀分布于全世界热带和温带海中，是一种奇特的鱼。它们的身体大部分被盒状的骨架包围着，看上去方方正正的，像只能游动的盒子，因此人们又形象地把它们称为盒子鱼。

箱鲀通常生活在浅海岩礁区域，喜欢独来独往。它们全身只有鳍、口和眼睛可以动，游动时就靠鳍上下前后左右摆动，样子十分有趣。又由于箱鲀体表色彩鲜艳，也容易养活，因此人们常常把它当作水族观赏鱼养起来。

不过，这种看起来有些呆萌的鱼，其内脏却含有剧毒。当箱鲀在遭受攻击或捕捉时，愤怒的它身体表面会迅速分泌出一种毒液，毒死周围的鱼类，使攻击它的生物吃到苦头。因此，尽管箱鲀行动迟缓，但敢于攻击它们的天敌并不多。

这种身藏毒液的独行侠，对于释放毒液这套功夫运用得十分娴熟，屡试不爽，因此动不动就故技重演。渐渐地，它们形成了习惯，一旦周围有点儿小动静就愤怒起来。人们在饲养箱鲀时发现，水族箱中要尽量避免使用化学药物，因为突然的水质变化或药物刺激，会使箱鲀释放毒液，而在运送箱鲀的过程中，如果颠簸稍大，箱鲀也会毫不客气地放毒。悲剧的是，如果饲养或运输的空间过于狭小的话，首先被毒死的就是箱鲀自己。

被自己毒死的箱鲀，其实是被自己的愤怒害死的，但世上常常被自己毫无节制的愤怒所伤害的，又岂止箱鲀？

（图/曹黑黑）

树荫经济学

□史杰鹏

读《管子》，齐桓公曾经向管仲抱怨，齐国百姓穷得叮当响，吃不饱穿不暖，怎么办？管仲说，好办，把人行道边的树枝全部砍掉。一年后，齐国果然GDP（国内生产总值）上涨。桓公问管仲："怎么做到的？"管仲说："齐国穷，是因为人懒，都不愿干活。之所以懒，是因为绿化太好，树太大，树荫太多。丁壮者在树下用弹弓打鸟取乐，老年人在树下聊大天，青年男女在树下搂搂抱抱。工农业生产还怎么搞？把大树一砍，艳阳直射，找不到树荫偷懒，只有下田干活了。"齐桓公感叹："没想到树荫这么伟大，你这个，就命名为树荫经济学吧。"

贪吃的海豚

□衡玉坤

章鱼有8个腕足，腕足上有许多吸盘，这些也是它们的武器，在发现敌人来袭时，它们会喷出黑色的墨汁，趁机逃跑。章鱼也是有头脑的动物，可以分辨镜子中的自己。然而面对海豚这样从身体长度到重量都超过它的天敌，除了无可奈何外别无他法。

亿万年来的生存经验告诉海豚，吃章鱼要讲究策略，不然会引火烧身。因为章鱼的神经系统并不是完全集中的，它的腕足在脱离身体后仍然具有攻击性。所以海豚学会在吞下前先将章鱼弄死。一般情况下，海豚是将章鱼叼在嘴里游出海面，然后将章鱼狠狠摔出去，依靠冲击力的作用将章鱼震死。这一策略会给海豚带来一顿蛋白质丰富的大餐。

但是，饥饿会迫使个别海豚丧失理智，贪念骤起，碰到美味的章鱼，它们本能地想在最短的时间吃掉更多的章鱼，所以便省去了吃前的步骤，毫不犹豫一口吞掉。一口吞掉虽然获得了短暂的快感，但它们很快便会付出沉重的代价：没死的章鱼会将吸盘卡在海豚的喉咙里，导致这只大意的海豚窒息而死。

人们经常会在世界各地的海滩上，看到死去的海豚，嘴里常常含着一只章鱼。海豚的意外死亡告诉大家，任何轻敌和贪念都有导致失败的可能。

(图/曹黑黑)

柔软

□张建云

婴儿的一个特点是柔软，从床上摔下来几乎没有摔坏的。但成人不行，老人更不行，一摔就出病，再摔就要命。花草的美丽是因为柔软，人的魅力也是因为柔软和谦和，所有的情感绵长，都是因为柔软。

一个人的心灵柔软是最强大的力量，因为柔软可以容纳所有的坚硬。那些愤怒的、抱怨的、嫉妒的、诽谤的以及抑郁的，都是因为硬。身体软起来对健康有利，言语软起来对情感有益。只要把言语软下来，就不会有矛盾。

从宽处理

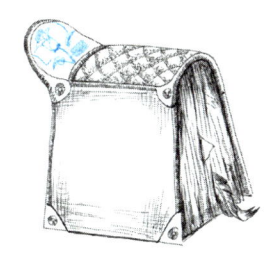

□亦　舒

我们家的格言是从宽处理。

自穿衣服开始,该穿中码的买加大码,丢进洗衣机乱洗一通再扔到干衣机烘干,嗯,刚刚好,从来不用试身,省得烦。

时间上也要宽容,极少约人,因为未必可以准时,上午8时起床,慢慢磨,商量、考虑、探索到什么地方用午膳,往往延至中午才出门。

工作也是,长篇没有题材,先做短篇,结果一写三十个短篇,长篇仍拖着,对自己真是宽得无可再宽,延年益寿,全靠这样。

那么,推己及人,对旁人也要有伸缩性,家务助理功夫不足?不要紧,替他补够。售货员服务不周到?不予计较,到别家去。

换句话说,任何对生计没有影响的事,我都可以得过且过,马马虎虎,笼笼统统算数。

这一盘菜不新鲜不要紧,少吃几口好了,反正过几个小时,又吃第二顿,这种小事,何必紧抱原则,一定要搞个水落石出,弄得神憎鬼厌,大家下不了台,整天都不高兴。

最从容、最愉快、最省时的方法是从宽处理,这是在下多年处世的宝贵经验,切勿小觑。

领航员

□至　善

越野汽车拉力赛中,参赛选手都有个搭档——领航员。其技术职责就是为司机指路。但是,他还有更为重要的工作——在漫长、枯燥且条件恶劣的长途跋涉中,为司机缓解心理压力。

人们总在探讨什么样的人适合做朋友。其实,领航员完全可以作为一个标杆——为你指明正确方向,和你共同前进,一路上给你鼓励与安慰。

人生需要这样的朋友。

爱的真相

□苏 芹

想知道一个人爱不爱你，就给他自由。不要妄图拴住爱情，世上没有能拴得住的爱人。若是爱你，何须拴着他？若不爱你，拴住他干吗？爱你的人，走到天涯也会回来找你。要费尽心机来挽留的，早晚有走丢的一天。

（图／小粒团）

别人对你态度好，不是因为怕你

□刘鲁方

当年，雍正皇帝推行"士民一体当差"政策，百姓拍手叫好，却遭到以王逊、范瑚为首的河南考生反对。他们威胁当地官员，将以罢考的方式反对这一政策。

起初，当地官员也以为这群读书人只是试水。他们怎能舍得三年一次的考试机会？但随着日子临近，当地官员这才着急——这群读书人不是闹着玩的。无奈，当地官员只好找到了时任河南开归道的陈时夏。陈时夏听闻，立即答应找他们谈谈，并且说，读书人是讲道理的。

其实，王逊、范瑚等人是留有退路的——如果朝廷不答应他们也就算了，毕竟把事情闹大了也不好。因此，他们决定：如果陈时夏真的来了，首先自己会主动承认错误，并允诺按时赴考。也就是说，不闹事了！可戏剧性的一幕出现了：陈时夏不仅没骂他们，反而堆着满脸笑容，拉着他们的手邀请他们同坐，还亲切地称呼他们为"年兄"。然后，陈时夏开始苦口婆心地劝他们，说到动情处，甚至都有了苦苦哀求的意思。结果，原本决定不闹事的二人，当场拒绝了陈时夏的好意，誓要"维权到底"。

结果，"罢考事件"发生后，雍正皇帝龙颜大怒。王逊和范瑚被判斩立决。

陈时夏对王逊和范瑚态度好，本是出自都是读书人的同情、关心和理解，没想到，却惹来了两人的"蹬鼻子上脸"。其实，真正杀死王逊和范瑚的凶手，不是陈时夏的好态度，也不是雍正的龙颜大怒，恰恰是王逊和范瑚他们自己——把别人对他们态度好，当作是怕他们，这才是最大的可怕和最大的悲哀之处啊。别人对你宽容，那是因为别人大度，修养好。千万不要因为别人对你态度好，就以为别人怕你。

感情的信用额度

□陈 彤

在饭局上听说了这样一个故事。一个男人和他的藏獒感情非常深,有一次,他外出半月归来,藏獒嫌他出门时间长了,给他"脸色"看,不搭理他。他用手去摸,藏獒上来照着他胳膊就是一口。他急了,当即给了藏獒一巴掌,轻轻的一巴掌。没承想,那藏獒开始绝食,连着两天,一口东西都不吃。最后这主人搬了一只小板凳,坐在藏獒跟前,跟它认错,跟它解释,从早一直说到晚,天都说黑了,最后,藏獒原谅了他,开始吃食了……

听到这儿,我忍不住惊呼:这畜生可比女人难哄多了!

故事里的男人认为自己的藏獒有灵性,从那以后,尽量陪着它。

我不认识这个养藏獒的男人,倘若我认识,我会问他,假如他在外面玩了半个月,一进门儿,老婆跟那藏獒似的,也阴个脸爱搭不理,没说两句就"吭哧"咬他一口,他会怎么样?得打吧?得闹吧?得说这日子没法过吧?为啥这事儿藏獒做就是灵性,老婆做就是不懂事?老婆还给他生孩子养孩子伺候他吃伺候他穿呢!为什么藏獒吃他的喝他的,他出门还得跟藏獒请假,回来还得搬一小板凳坐人家跟前哄着?

后来跟一养狗的人说这事儿,那哥们儿说,感情这事儿吧,跟信用卡似的,感情深,信用额度就高;感情浅,信用额度就低;没感情,就只能借记。你得先往里存,然后才能消费,还不能透支。好多人不懂这事儿,你跟人家明明只有两万的信用额度,非要刷5万的现金,人家能让你刷吗?藏獒在这事儿上就比人强,人家先建立感情,而且专一,日积月累,信用额度慢慢就累计得很高很高,所以就是有那么点儿任性霸道,对方反而觉得这是对自己感情深。因为人家的感情到那儿了,如果你跟人家的感情没到那儿,你也这样,那谁买你的账?

(图/兜子)

冷热

□玖 玖

《东轩笔录》载:某夜宋仁宗在宫中听闻丝竹之声,便问近臣,这是哪里传来的?答曰,来自民间酒楼茶肆。近臣言罢不禁感叹,民间何等欢乐,哪似宫中这般冷清。宋仁宗却摇头说,宫中只有冷清,民间才能热闹;宫中倘若整日喧嚣欢乐,民间必然冷冷落落。